10/18

后浪出版公司

王陌书 著

新千年
幻想

四川人民出版社

目录

游戏规则

1. 所有的事情都发生于生之后、死之前。

2. 这是作者、读者、肖马之间的游戏，既在文字之内也在文字之外展开。

3. 十三个篇章，这个数字不是出自最后的晚餐，而是出自幻影旅团，不可以多也不可以少。

4. 肖马的所有行为都出于一个动机——青春。

5. 我们在游戏中互相寻找，在相遇后分离。

6. 原则上作者、读者、肖马之间不存在同类的感情。

7. 不允许任何两者之间针对第三者的密谋。

8. 读或写都是参与的方式。

9. 互相之间可以欺骗。

10. 肖马不是一个个体，而是一种现象。

11. 读者不可以认为肖马是作者的替身，作者不可以认为肖马是读者的替身。

12．我们都是为了自己而活着、思考、寻觅，期间，读者不可以破坏作者已经建构的东西。

13．【空白】

那么就让这个年轻人的游戏开始吧，开始这个关于出现与消失的游戏，我们遵守游戏规则在文字的迷宫里捉迷藏。在沉默、荒凉、易于回忆的文字世界中，不必期待花与鸟、不必追求偶然或必然，于飞逝的时光中高高地抛起一枚硬币，看它在空中反耀一点微不足道的光芒，从仰视的角度欣赏它不断地翻转，在落下之前，我们深呼吸地等待着……

人类出没的旅店

——很久很久以前或很久很久以后

在未有人类以前，悬崖上出现城堡是许多世纪之后的事，以弧形姿态提供跳海自杀平台的大桥也还没有成形，只有植物的原野上空每千年才飘落一根容易与树叶混淆的羽毛。其时，世间并不存在能够分辨彩虹的眼睛，就更不用提可以产生重影的复眼了，毕竟动物只是植物的一种分支——仅有的区别是动物吸入氧气呼出二氧化碳，而植物吸入二氧化碳呼出氧气，地球在变冷或变热可以说明很多的问题。

死与生的概念还没有分清，没有大脑进行思考，因为没有发声与语言，一切有如于白昼闭眼而黑夜睁眼的哑巴。海的声音被保存在一枚漂亮的纹路右旋的贝壳里，它被带到内陆深处，几个影子围绕篝火想要聆听海的声音，尽管这几个家伙还没有进化出耳朵。

当人类出现在世界上之后，原有的情况被改变，肖马只是其中渺小的一个，那是在很久很久以前或很久很久以后——

从肖马的卧室远眺可以看得很远，每天清晨太阳从目光尽头升起，搬来可以摇晃的藤椅，在等待夜幕的过程里他可以喝掉六瓶自酿的黑啤酒，如此打发掉一天时光委实惬意。他的房子宛若平原上仁立的孤堡一直等待着来客，似乎这里巧妙地处在一切道路的交叉点上，作为失落的场所供他经历缓慢的衰老。他被关在无菌的玻璃容器里一般，可以看见边缘却走不出犹如深井般的自我。外面的世界是由原子和分子构成的，可是肖马连一个细胞乃至一片树叶都不会去关注，何况是最为细微的原子和分子——他也想到，这个世界看待他，就跟他看待分子和原子一样。

了解世界，只要有照片、绘画、万花筒就够了，搜集片段化的证据就可以组织起只供自己相信的真相。他的住宅同时也是旅店，一共来过四个客人，他们风尘仆仆从远方来又到远方去的间歇，在这里度过一个上午、下午、晚上或者更久。而肖马拍下他们的照片，采集他们的羽毛、鳞片、皮屑作为标本，并写下关于他们的笔记。

我跟你都只是远远观望，防止自己成为肖马的客人，防止指甲被他采集作为标本。

灰色只是颜色中的一种，而肖马也只是人类中一个，他的特点估计会在其他人的特点前缺乏凸出性，例如相较于长犄角的人，左右瞳孔颜色不同的肖马显得怯懦自卑。在这个不以公元计时的年代，人类对银河系外的宇宙进行殖民的年代里，人类的互相疏远究竟何等严重？想必是如同开一瓶香槟倒入灰色而非蓝色的大海，酒精会被稀释得微乎其微，所有的鲑鱼都不会喝醉。

有的星球仅居住了两个人，不可避免，互相希求的两人，他跟她得为寻找对方而穿过钻石的荒原、金属含量超标的河流奔走一生。肖马想，如果他只能在白天开着吉普车出行，每到夜晚就由于得不到阳光而血液变冷陷入了休眠的状态 —— 虽然发出热光的那一颗恒星肯定不叫太阳；她则热衷于乘着私人游艇曳航于午夜，白天若是在室外太久皮肤会脱水，她总是在潮湿的洞穴深处的浴缸里浸泡着，等待天黑以后的星光出现 —— 那里可能没有月亮，当然也可能有几个大小、形状、色泽不一的月亮。两个人的生活方式差异太大所以注定孤独，得到错过终生的结果。这件事记载于《百科事典》，每当肖马读完都不免感慨一番，说不定还会吟诵一两首诗歌。虽然包括《百科事典》在内的他所有的藏书，都是他自己编写的。

这种行为应该说是想象力的外延，而不能说是学术造假，足不出户的肖马和登月者有什么区别？登月者也只是从一个地方移动到另一个地方，相信他一定对那乳酪色的荒漠印象深刻。而肖马每年绕行太阳一周，虽然这个星球上的其他人也这样，不过现在这样的人寥寥无几。感觉乘坐地球这种交通工具的人越来越少。

肖马的想象总是可以从旅客那里得到印证，那些异乡人出于偶然的必然来到这里，出现了四个以后还会有其他人出现。似乎想象是有十二支桨的柏木船、双引擎的螺旋桨飞机、八只巨型轮胎的汽车，可以将他载去远方，无论多么偏僻的角落都可以涉足。因此他笔下的故事往往是发生在宇宙另一端的悲剧、喜剧或哑剧，当然悲剧永远是主流。发生在猎户座的故事不会像光一样在穿过若干光年后传播到地球，只能依靠流浪歌手。以前的一个旅客对肖马很感兴趣，蠕动身上类似穿山甲的鳞片："我从你难以想象其摄氏度的地心出发，游过熔浆，挖空的隧道几乎导致大面积的地壳坍塌，可为什么你可以比我更了解我？我开口之前就被你的敏锐洞察了内心深处的隐秘，难道我像透明的玻璃那般让人一目了然不成？"

"请不要对我说'难以想象'这个词，对我而言没有什么是不可想象的，你依赖害怕强光的眼睛认识一切，而我依赖可以容纳黑洞的头脑认识一切，想象跟宇宙膨胀的原理相同。第一，起点都是一无所知；第二，都不存在尽头，教科书上说的尽头其实是未知的代名词；第三，我的脑海里不会出现想象不到的东西，宇宙不会扩张到宇宙以外的地方去。"这便是肖马的看法。然而她却正在忙着用肢体动作向他求欢，这下他才证实——确切地说是接受她为异性的事实。

原本就由于要照顾她的习性而没有开灯，肖马在看不清对方面孔的情况下变得结结巴巴不知所措了，她那只有三趾的手或爪试图解开他的皮带。在黑暗中对方可以为所欲为，她可有着挖通地球南北极的不懈毅力，最终他下定决心，借口脱不下她的鳞甲无法接触其裸体而表示拒绝。

"抱歉，一时之间情不自禁了，实在让我觉得羞愧。幸而没有开灯让你瞧见我不知耻的表情……"她啜泣起来，他赶紧系好松开的皮带与她保持一定距离。他一时语塞，她居然一副受害者的姿态令他无法接受，心想自己才是受害者好不好。

那以后他养成了开灯睡觉的习惯。

路过这里的旅客无非两种，一是追溯起源者，二是寻求结局者，因此他们注定不会留下替肖马开垦种土豆的荒地，他们离开也就不会再回来。有时候肖马都搞不清是他们遗弃了自己还是自己遗弃了他们，肖马与他们的不同不仅在于外貌，更重要的是他们一味追求而肖马一味等待。

人类对宇宙的殖民现在也在继续，肖马想，倘若旅行者们在某地的旷野发现了废弃的火箭发射井，就犹如原始人发现了同类留下的篝火痕迹。如果发现钢架还残留着余温就马上搭起另一座发射井去追赶，以免抵达另一个星球时只能又看见一座残留余温的发射井，被对方先走一步。已经是一个人进行太空旅行的年代了呵，也就是说将蔓延至人类灭绝为止的绝症——孤独，已经传播向太空最深处，比花粉要迅速。

和声音不同，这可以在真空中传播，只需要憎恨、轻蔑或无能为力的爱，孤独对媒介体并不挑剔。

第一个旅客出现时恰逢雨天，她出现在窗外而非门外，翅膀不停地拍打足以防弹的玻璃。她慌乱的身影与被风吹得摇晃的树冠混同，惊恐的呼声既哀伤又动人，当时刚刚度过旱季，肖马已经很久没有见到那么漂浮匆匆的乌云了，雨急促地敲打屋顶，对他来说这有如敲打蜗牛的外壳。

很长时间里他都装作没听见，她每隔一会儿会围绕房子低旋一圈，他等到再也装不下去才去打开窗户，放她进来的同时也放进了足够洗澡的雨水——虽然是酸雨。她抖动羽毛的动作弄湿了地板，双手抱住略显丰满的胸脯，齐肩的长发虽然披散着，却露出小巧精致的耳朵："冷呵，外面冷得不行哩。我的脚爪一个劲想要蜷缩抓住些什么，抱歉，刮坏了你的地板呢，实在感到抱歉。之前在云层下飞行几乎被闪电给击中……实在觉得有些丢人，饶舌了这么久还没有自我介绍……我没有名字，居无定所就像云朵，也谈不上有什么特别的爱好，毕竟未成年……"

"得得，说了这么多等于没说。"他打断她略显幼稚的讲话，"想必你看了广告知道这里是旅馆，那么请你给我一根羽毛再讲一个故事，作为你在这里休息的交换。另外——你是否需要一件上衣，这样暴露着上身我很不好意思。"

"不需要呢，那多麻烦呀。"她天真地说，下意识地扇动翅膀结果撞到了天花板，"活像个笼子，真不明白你为什么不想办法住得宽敞些，好让自己显得不那么像因犯，要知道没有翅膀的人都是地心引力的囚徒。对了——"她用有些纤细的手从翅膀上拔下一根色泽漂亮的羽毛，她的手臂纤细得犹如百合："诺，作为你收留我的交换，还可以多给你几根，不久之后就是换羽毛的季节了。"

他把羽毛夹在厚厚的字典里，然后对有着鸟类下体的她嗤笑："用于制作标本的羽毛一根就够了，若是可以就请再给我一根头发，寓意不同的，头发可以系在手腕上。你以前在海边住过的吧。"

他把字典放回书架上的原来位置。外面的雨越下越大，如果洪水漫过房屋的话，肖马恐怕还得拜托她以脚爪把自己拎起飞走，一直飞到生长灌木丛的高地为止。不过瘦弱的她估计没有那样的力气，最多会答应带走他的一件衣服吧。不管怎么说这个天真的少女等到雨停便会从其中一扇窗户飞走，不再回来。

"才不，才不给你头发哩，被头发系住的羁绊哪怕是一生也挣脱不了，我不希望也不允许自己在地面上有任何牵挂，那我会变成不自由的风筝的。"她略一沉思，小口小口地啜饮他泡的加糖咖啡，一直看着窗户，目光穿透玻璃迷失在雨中，似乎已经厌倦了交谈的短暂幸福，"是的，我曾经在海岛上待过，我喜欢唱歌——为了不陷入沉默。我看见过一只帆船出现后消失，留下无言的空白。"

"上面有我认识的人呢，我想。"他喝的饮料是绿茶，苦涩几乎成了他的发音。

她在室内这样活泼导致肖马发觉自己太死气沉沉，不知为何他想到了捕鸟人这种职业，手持一根竹竿，腰间系着一罐掺杂了蜘蛛丝的胶水，进入林间模仿鸟叫——布谷——布谷——她说："哦？你做过水手？"他笑了笑："哪里，这样想过罢了。我想那个船长应该被判处十年的漂流。"

"我不会讲故事，抱歉，可不可以唱支歌代替。"

"当然，非常乐意。"他从椅子上跳起，"不过得等一下，我得先找两团蜂蜡堵住自己的耳朵。"

雨水停止的时候——不知道过了多久，她从窗户离去。

　　第二个旅客出现的方式有如死刑般明白无误，允许别人埋怨，允许别人准备，就是不允许别人避免。过程长达六天之久，可肖马还是来不及接受，那时他已经忘记了有羽毛少女的面孔。旅客从他家地板的缝隙里钻出后的很长时间里都遭到忽视，起初他误以为那是一株蛇葱。

　　在第二天旅客长出了三片叶子，几乎要在室内开出花来引人注目了，顺带一提他给人的感觉像仙人掌，即便开花了也像。肖马说："老兄，就这么不经过主人同意登堂入室可不好，日后你的根茎蔓延开来势必动摇混凝土的地基。我这里是旅店，不是免费的。"

　　旅客以唯唯诺诺的声音暗示自己的柔弱，他的皮肤长着自然褶皱，也许在他身上切一条口子他也需要半个月才能反应过来："请不必担心，我最多再打扰您五天，我要到天上去。有什么话要捎去的请把留言写在我的叶子上，记住要用防水且不褪色的红墨水。等到秋天就可以收到回信，在叶落的季节。"

　　"我这人属于特别有耐心那种。"肖马从他身上摘下一片叶子，"这是我应得的，我可是非常喜欢标本的人。"

　　第三天，穿透天花板的旅客形状改变得近似于榕树，从身上裂缝处的沟槽里淌出可能有毒、也可能可以作为药物的白色液体。寄生的蘑菇和苔藓怎么会长得这么快？他的眼睛、嘴巴、耳朵错乱地寄生在上面，巴掌大的树叶没有风也在飘动，那是他在向肖马招手致意。

　　当然肖马的反应不算太迟钝，于是很自然地在他旁边放了把锯子警告他不要任意妄为。可是到了第四天早晨，肖马起来刷牙时便明白自己对他几乎无能为力了，他的绿荫从屋顶上钻出，如伞一样遮蔽了房子，肖马的寓所和他纠缠在一起难分难解。至于那把派不上用场的锯子已经不知所踪，而肖马觉得自己恐怕将在下一个日出时无家可归，得在荒地上搭起简易帐篷生活了。

肖马通过梯子攀爬到他耳边，朝他那可以筑起鸟巢的内耳喊："混蛋，你看你干了些什么？你把藤蔓伸进我的卧室时可不可以小心我的餐具还有我的镜子，你身上的蜗牛爬进了图书室，在一本又一本书籍上留下散发恶心气味的黏液。我想，即使你离开对我而言也是个噩梦，因为这里永远是你向上攀爬的第一级阶梯，是你的出发点！"

"这可不能怪我哟，我一直没动的嘛，连喷嚏都没打。"旅客开始耳聋或者说开始装作耳聋了，话语也比以往粗鲁，甚至会吐露肖马这个黑话行家都听不懂的黑话。的确，他可以目中无人了，他甚至说自己的梦想是像电灯吸引飞蛾一样吸引接连不断的自杀者。肖马暗自发誓，绝不以他为阶梯攀上天空的顶端寻找巨人。

第六天，肖马在第七天到来前伐倒了他，那时跟旅客对话都是一种憧憬、一种幻想。肖马拿出吴刚伐月桂树的那种坚持与不懈，在耗尽了一公斤当量钚的核电池后，用有两台发动机的电锯锯倒了他。那一刻，飞蛾、白蚁、蝙蝠纷纷成群逃出，构成了不同方向上的虚点，留下中空且滋生邪恶的躯壳。这位旅客来自于生，去往了死。

于是肖马把第七天定为休息日。

那以后他搬家到现在的住所，第三个旅客，也就是那个导致他养成开灯睡觉习惯的家伙在这里出现并消失，她的一片鳞片被泡在福尔马林里，跟一具壁虎的骨骼标本并列。

一周前第四个旅客到来，那时肖马刚好在室外写生，于是很自然地把她画入了风景写生中，她也确实是一抹漂亮的风景。她赤足走在旷野中，对一切都不在意，既轻佻也温柔，宛若一座冰山漂过般悄无声息。从看见她的第一眼起他就确定她不属于这个世界，或许他跟其他人类的差异只是在进化与适应的分岔中产生的特点，他称之为手的部位他们称之为翅膀、蹄子、爪子、触手……仅此而已，就像人类的面孔互不相同一样。

然而他和她之间似乎存在不可跨越的距离，他没有向她打招呼而是放任其离去——为了让自己事后后悔，尽管那样做也只是徒然。他第一次觉得人和人之间的隔阂不可逾越，就像寒武纪和三叠纪的化石一样，也许长久以来追求的异类就是她，一个从任何角度来看都过于平凡的她。

肖马在事后后悔没向她索要头发。

在他自己编的《百科事典》里，关于人类有两个相互矛盾的结论，一是所有的生物都是人类的分支，这个物种注定在进化或退化中互相疏远至不认识的地步；二是凡是自称为人类的生物在内心深处都否定别的生物是人类，也就是说"人类"仅为一种自称，与"我"的意思相同。

次日她重新出现在肖马眼前，从这里到那里，脸颊上的一抹泥污掩盖不了她的单纯。她迷路了，所以在旅店附近逗留，或者说一开始就只是没有目的地流浪，她的腰间系着一束野麦。他把她领到自己的画室，没有交谈，只为其画了一幅水彩肖像，她是个不合格的模特儿，一点也不配合肖马，一直在面向看不见的东西发呆。在她眼中，肖马或许与画架没有任何区别。是的，她没有听觉、视觉、嗅觉、触觉甚至味觉，没有任何感觉却可以微笑地漫步于世间，举手投足间流露出天真与一丝乐观，他说——她宛若一座冰山，寂静而又不留痕迹地漂过尘世。

她的脑海只是一片空白，安静、单调、忧郁，不会出现一只信纸折叠的船产生波动，她的存在仅仅证明了沉默。于是肖马也选择不语，不再困扰于纷繁的思绪，他的左瞳是黑色而右瞳是紫色，这并不影响什么。在他急促的呼吸下她异常平静，他有些惊讶她居然不会忘记呼吸的方式，室外是纯粹的夏天，而他拥抱着她进行索然无味的性交。

他甚至不敢直视她那看不见的眼睛，因为那样会看见其瞳孔中的空白，他羞愧得想要哭泣，而她既不配合也不拒绝甚至不知道发生了什么。她的手指从始至终在他的后背上画圆圈，在这时肖马根据两人的裸体确定了两者是人类。也许她天生就上好了发条，被放在世界这个巨大的八音盒上流浪，无论遇见了谁，在接吻后都会由于磁铁的效应而告别，直至发条停止运转时，一曲终了。她也不会再出现在别人的风景写生里，她会变成坏掉的人偶。

事后她条件反射地穿上外衣，肖马替她系了背上的扣子，就像记忆金属改变形状后又恢复原状一样，她离开了，而他留下了一根作为纪念而非标本的头发。

人类从某个奇点扩散向宇宙，通过合金材质的航天飞船、虫洞特快隧道、一次性火箭……在这个背景下每个人都有自己的失落，会独自演变成一个人的一生，他就是如此。自首个人类飞上太空后，独自欣赏一个星球就成了一种时髦，在动荡中，要么把人类改造得适应宇宙，要么把宇宙改造得适应人类。

在重力过高的星球上人类成了爬行动物，因为从一米高处坠落就会毙命，那里的人们非常流行泡沫、海绵、橡胶这些建筑材料。以此类推，在更为广阔的空间里变化在继续，或许有一天大家唯一的共同点就是流传着关于末日的传说。

千年以前或千年以后的爱情都是偶数——互相希求的两人，肖马已经逐渐开始不相信这点。

搭车游戏

——在互相欺骗又互相依赖的世界上

好的，前面的转弯有些过于弯曲，由于太靠近路面右侧以至于车前窗不时会擦过旁边的树枝，因此肖马不得不单手掌握方向盘而另一只手开启雨刷器——刷去落叶的声音比刷去雨滴动听。在漫长的转弯中他一度几乎撞上护栏，他的确不是个好司机，有时甚至不敢超车。今天吹着《桂河大桥》中行军的口哨在206国道上驾驶汽车，像往常一样漫无目的，天气在同样摄氏度的日子里估计是最好的，若是就这样下去，他的汽车或许会缓缓滑向转冷的秋天。

目前的车内温度是26.3℃，他在这里安装了煤油温度计是出于安全考虑，这样可以避免这辆1966生产的老爷车自燃的时候连自己一起烧了。已经路过许多交通指示牌了。每当出现两个或两个以上地名时他都会停车，用类似于抛硬币的方式决定方向。

比如去往 A 城与 B 城的分岔口，他下车和高速公路收费员打招呼，然后根据她的回答是否符合自己的猜测来选择，他猜对了，于是去往距离 40 km 的 B 城。

他问："可以让我免费上高速公路吗？"

她说："去死。"

现在距离下一个加油站还有 15 km，肖马看着指针显示的不久后会趋于零的油量不禁担忧起来，不得不加快速度，有时会觉得他是在用金属壳子将自己从一个地方运到另一个地方，作为一件给亲人、朋友乃至陌生人的礼物或馈赠。他们很高兴，可是肖马不高兴。肖马有个销售汽车的父亲，而他却给肖马买这样一辆古董，这让肖马很难理解。

前面有人伸出表示想要搭车的手势——那真像一束新鲜的瓶中插花，对肖马而言，这是绝佳的停车借口，他停止吹口哨并稍微梳理了一下发丝，然后径直超过了她——一个貌似无助的少女，她的出现与消失就像一页被翻过去的无字纸张一样留下突然的空白。只有类似镜子反光的她的眸子在他的记忆中闪耀了一下。

大约超过一百米后，也就是她放弃刚刚起步的追赶之后，他一边缓缓倒车一边通过后视镜看清了她的表情，他从打开一多半的车窗探出脑袋："想要搭车吗？我的直觉是这样告诉我的，当然还有你的手势以及你的女式背包佐证了这一点。"

她撩了一下因为起跑而弄乱的头发："你明明已经离开了，为什么又要回来面对你刚刚选择无视的弱者——即我。"

　　"为了不让自己在以后后悔。"肖马说出计划好的话语，若是一开始就停车这句话就无法说出口了。他替她打开车门："其实我挺羡慕你的，可以从来来往往的车辆中选择自己中意的一辆。"

　　"可以帮我打开后门吗？"她抻了一下连衣裙的裙角，这时他发现其过于苗条的腰间系着一条可有可无的细带。他打开了后门："看来你对陌生人有着与生俱来的敏感呢，虽然我不是雷锋，可你也不至于怀疑我这个靠假驾驶证开车的、刚刚成年的年轻人的人品与道德吧？"

　　"没有的事，请在下一个城镇为我停一下车。"她连续关了两次才关上车门，"我非常相信你的人品，只是出于直觉我不相信你的驾驶技术。"因为没有构思好接下来的对话，肖马只顾点头。她的年纪大概二十，出现在路边的理由绝不是为了等他或等别的什么，她在寻找些什么。他轻轻咳嗽："尽管你比我年长，可我还是想说——当然我并非特意强调你比我年长这一点——可不可以不要在座位上给脚趾涂油，我受得了那油漆一样的味道，可是我受不了透过后视镜看见你露出大腿。"

　　"可以。"她穿好鞋子，继续说，"嘿，刚刚驶过的那辆白色跑车，上面的司机一边开车一边和女友接吻。而你无法分心，因为你还是个注意力无法集中的孩子。"她的话几乎让他想猛踩刹车或油门，那太伤人心了，他马上想到她可以通过镜子看见他的表情，他装作满不在乎的样子："哦，怪不得那辆车总想靠左行驶。还有那条黑色连衣裙和你很配，我估计白色、紫色、蓝色、青色……也都如此。"

她说："谢谢，我是去男朋友那里，在漫长的暑假里我还参加了实习的工作。还有一点我想告诉你，即使你主动在我面前停车，我也不会将你误认为出租车司机或代理出租车司机。"

"如果你为了什么而改变原先的打算呢？就像我一样，现在我不再追求之前追求的事情了。"肖马微笑着说，从出发开始他就一直在计数，计算从他相反方向驶过的车辆，不过由于走神、错觉、被别人超车的紧张，那变成了一个相当混乱的数字。偶尔他会想从车窗伸出手摘路边行道树上的叶子，当然由于驾驶座在左侧的缘故够不着。

这辆蓝色的伏尔加牌汽车是高尔基汽车厂1966年生产的，也算是进口货吧。将近五十年前的汽车驶过动荡的岁月来到他身边？当然不是，没有那么浪漫。它只是在售价一次比一次低的转卖中到了他父亲手中，再到了他的手中，他更换了所有的轮胎、前防撞梁、点火线圈、控制盒、传感器……反正他怀疑自己只得到了苏联生产的金属壳子。

不管怎么说，肖马在二十一世纪的第二个十年里，终于摆脱了教会自己骑自行车和摩托车的父亲，因为父亲不会驾驶汽车。对于追求时髦的他来说，父亲的说法已经过时；对于在公路上以时速四十公里行进的他来说，有太多的东西得抛诸脑后。这是场无目的的旅行，当夜幕降临他会将车停在自己家旁边的空地上，父母以为他回到了家中，其实没有，他只是暂停了次日得重新出发的旅行，他和熟悉的生活正在渐行渐远。

他调整了后视镜以便可以看清楚她，当然她也可以看清楚他，他一边转动方向盘驶入加油站一边提议："我们谈谈自己如何？

"先从我开始吧，我刚刚年满十八，高中毕业。喜欢的东西和讨厌的东西一样多，这辆车是父亲低价买给我的，目前我纯粹是在国道上浪费汽油，因为我只是在无目的地开车。

"我喜欢穿过山林里的马路时车身与树枝摩擦的声响。"

"我嘛，二十一岁。"她突然将手臂从后面伸出调整后视镜的角度，他闻见了肥皂的香味，她将手收回时拍了一下他的肩膀，"两人相互交谈时，看不见对方就可以心安理得地说谎。麻烦你加油快一点，不然我要迟到了，另外我想告诉你我只交过一个男朋友，可能比你交过的女朋友要少，可问题是他现在还是我的男朋友。"

他踩下刹车在加油设备前停下，下车加好油后他并不急着离开。有时人生是从一个加油站到另一个加油站的旅程，有时人生是从一段婚姻到另一段婚姻的旅程，有时人生是从一位亲人死去到另一位亲人死去的旅程……总之生活在接连不断的相似时间中继续，做下记号再离开是一种传统。若是现在问他要到哪里去，他会回答——离开以前的我到以后的我那里去。

一辆要加油的摩托车等在后面，这时他才发现左方向灯没关，这下他没有了待在车外佯装检查散热器的理由。他盖上前盖板，回到车内一边启动汽车一边对她说："好吧，我承认自己浪费时间的行径只是为了造成你的迟到。你其实应该戴上黑色发卡的，不然就戴上丝框眼镜。这样可以为你增添一点不张扬的魅力。"

在下一个城镇她叫他停车后便下车离去，听到并不正确的关门声后，他没有纠正只剩下背影的她的错误，重新吹起口哨驶向别处。她在他的视野中最终消失前路过了一块巨幅电影宣传板——就画面创意而言实在平庸，接下来他看见了好几幅这样的东西。

公路上最不稀奇的就是的意外事故，在一个转弯，肖马目睹了一场追尾车祸，一辆装载了塑料管的轻型东风货车撞上了一辆面包车。他下车上前观察，前车的司机至少已经昏迷，而后车的司机显得既紧张又激动，完全不知所措，毕竟追尾事故尾车负全责。他掏出用于野外做饭的打火机替那个清醒的司机点燃其一直点不燃的香烟："伙计，你开我的而我开你的汽车分别离开好不好？虽然我那辆车是老爷车，可你的车也是便宜货，何况现在车头有些轻微变形了。"

"什么？"司机觉得不可思议，伤势轻微的额角正渗出鲜血。

"跟你相撞的那个倒霉鬼估计得送去医院输血。"肖马一次次在司机跟自己之间扣燃打火机的火苗，这是仅值两块钱的便宜货，在这个晴天雨天交错的夏天，肖马还没有造成过一次野外火灾，"这么说吧，我想跟你交换的并非汽车，我想用目击证人的身份交换你肇事车主的身份，你开我的车送那个家伙去医院，而我开你的车肇事逃逸。我喜欢逃犯这种冷酷而又不失浪漫的身份。"

司机缓缓吐出一个漂亮的烟圈，然后默不作声地闭上眼睛，许久之后，点燃第二根香烟才点头答应。肖马说："快点，不然前面那个家伙会死于失血过多的。"

半小时后肖马得偿所愿地踏上了逃亡之路，他已经想好了假名，也准备好去更换一块车牌。虽然这一切只是儿戏，那个肇事司机似乎没有思考就做出了决定。这是会被一眼看穿的障眼法，肖马这么做只是为了游戏。离开现场时他按喇叭向不再属于自己的伏尔加汽车挥手告别："别了，Volga。你有着令人过目不忘的色调、性感的方向盘、舒适的座椅……我为自己如此煽情的告别感到一丝恶心、一丝调皮。"

要立即熟练地掌握一部新车的确很困难，他必须集中注意力开车。对司机而言，公路不存在地平线，只存在斑马线。全神贯注的结果是他发现这种职业距离死亡很近——即使再普通不过的日子和再普通不过的天气都可能由于血腥而变得不同寻常。幸好这里不是澳大利亚，他可不喜欢遇见横穿道路的袋鼠，那种长着育儿袋的动物会在酷热得让人产生幻觉的天气里站在公路中央停留。它们能在千钧一发之际躲开被卷入车轮的命运，似乎是为了开玩笑，或者是单纯地由于思考而不小心出神了——就像牛顿那样。

路旁不时会出现西瓜摊贩，每次他都想停下又最终作罢，他对自己说——不急，等价钱从八毛钱降到三毛钱再说。等到他发现车前窗的一道细微裂缝时，他已经无暇顾及了。前面的公路中央出现了一只略微反光的袋鼠，不，是一个在阳光下格外醒目的少女。反光的是她的大号墨镜、银色手表、金属腰带扣……

由于是视野开阔的地带，他踩刹车的时机拿捏得非常巧妙，在刚好可以吓到她的距离停车，然而她却无所谓地靠近，打碎了他恶作剧的想法。他来不及抱怨，她就匆匆摘下精致的草帽，不等他答应，她就将其从车窗放入到座椅上："有人在追踪我，他或他们肯定躲在某个角落里进行监视……拜托，可不可以带我逃离这里？"

她以如此轻描淡写的口气恳求他，可他却一时语塞，只是默许她上车，一会儿之后才想到了一句打破沉默的话语。她正在旁边的副驾驶位置上玩弄其置于两膝之上的草帽帽檐，沙沙的声响让人联想到风吹稻田的声音，他一脸严肃地问道："那跟踪你的人在哪儿？"

"在这个世界的某一座城市、某一片湖泊、某一处可以深入地心的洞穴、某一座公寓，我也不太确定，只知道他或他们有着特别的眼睛。"她非常正经地回答，略微压低墨镜与他目光相对，"那么你呢？你要去哪儿？不介意我在这里喷香水吧，我有点受不了车里的怪味。"

"当然不介意。"他看见她重新戴好发夹再掏出一瓶琥珀色的香水对周围进行喷洒，"我要去没有警察、没有司法、没有监狱的地方，毕竟我正在逃避通缉——不知道通缉令有没有这么快下达，反正你正在跟一个罪犯逃亡。"

他记得鲸鱼的分泌物是制作香水的原料，而香水这种奢侈品是为不爱洗澡的法国王室成员发明的，总之他对这种液体非常反感，而她却不知收敛地问他："我可以吸根香烟吗？"

"不行。"他果断地反对。她有些不甘心地从嘴唇间取下香烟，噘起下唇："为什么？"

他停下车，从记事本上撕下一张纸写下"禁止吸烟"，然后用透明胶布粘在她旁边的车窗上："因为这个。不需要更多的解释了吧。"她将脸倾向一旁，因为梳了辫子，后颈裸露出来，她一边哼着《天空之城》的曲调一边暗示她不高兴了。他最擅长的是用性格的棱角刺伤身边的人，而不擅长用语言安慰身边的人，他说："我总是一时冲动，现在我还没有亡命天涯的准备，每一次加速都代表我在害怕。"

她似乎有些期待他伏在方向盘上哭泣，嘴角挂着一丝容易察觉的微笑，或许她跟他一样都是心理诈骗的行家。显然她较为年长，过分的打扮加深了他的这种印象，看来他也应该蓄胡子才是，他说："我以前警匪片看得有些多，没完没了地追逐似乎是正邪之间的永恒宿命，可其实真相是观众头脑简单而已。跟一个刚刚成年的逃逸犯同行——你觉得是刺激还是浪漫？"

"无聊，我觉得像织毛衣的无聊。"她那戴了戒指的手轻轻擦过他的发梢，又嗤笑了一下，"你没有必要强调自己已经成年，不然就太孩子气了，我倒挺喜欢你的，姐姐对弟弟的那种喜欢。"

接连两次被人嘲讽年轻，他没有太多愤怒，还能够若无其事地直视前方，说真的，他有些希望车窗是可以聚光的凸透镜。对于今日之后要做什么他还没有想好，他只是一时冲动地认定驾车逃逸时有警车追踪很是惬意，很是让十八岁的青年感到憧憬。因此他知道自己后悔是迟早的事情，也许那会发生在下一个岔路口，也许那会发生在她偷偷地点燃香烟又立即熄灭之后。

她点燃一支庐山牌香烟又立即熄灭，再凑上前嗅那一丝飘起的烟雾："我的偶像是娜塔莉·沃佳诺娃，你认识吗？她登上过《CQ》杂志，而且嫁给了一个我也想嫁的有钱人。我想做模特，有产品形象模特、试衣模特、礼仪模特……我想做时装模特。"

"你不觉得你目前的穿着打扮过于时髦？从你的漂亮里我看见了一丝做作、一丝早熟和一丝戏弄别人的调皮。为了表现青春靓丽而穿得像个模特，难道你打算将自己托付给展览方供男人参观不成？千万不要告诉我我正在将你送往那样的地方。"这辆汽车可以播放音乐，可尽是些俗气的流行音乐，自然不可能有德彪西的《大海》，一次次按下按钮的他只能一次次失望。

"如果我告诉你，其实你是把我从超市的服装展区送往车展的一辆丰田汽车旁，你会怎么做？"她直白地说，"那个车展在不远处城镇的中央广场举行，我是86号车模。"

"那么请你在这里下车，穿高跟鞋步行前往，觉得困难的话可以赤脚前行。"他停下车，以天真而感伤的目光面对她，此刻一辆播放音乐的黑色轿车从旁边驶过，他来不及听清那首曲子。她打开车门再戴上草帽，下车后送他一个玩笑似的飞吻："谢谢你送我这一程，虽然没有到达车展现场。拜拜，我是不会光着脚在发烫的柏油路面行走的。"

等她关上车门，他在驶离前对她说："少吸烟，那会让你的肺变得不漂亮的，再见。"将她留在半路的确显得有些过分，不过她表现出满不在乎的表情，并略微压低帽檐，目送他以四十公里每小时的速度离去。

车载音乐里没有一首他喜欢的音乐，他深感失望，不断加速，路旁的行道树在他眼中重叠出森林的景象，鸟与鸟鸣叫的距离被车速缩短了，每一下风动都会触动寂静，他仿佛是漂浮物划过那绿色世界的边缘，目光穿过枝叶交错间的疏漏看见了彼端永恒的夏天。

他想自己对某些事感到后悔了，几乎无法挽回，可他还是得抛弃这辆犯罪的车子。

几乎不费吹灰之力他就找到了举行车展的广场，找到了86号的黑色丰田牌汽车，他在旁边停下。还没有下车，销售经理就过来提醒他："这里是展区不能停车，把车开到停车场去，还有你怎么跟你爸解释这辆车头受损的车？"

"我想要86号车，想把它开出去兜风再开回来，没意见的话就把车钥匙交给我，如果出现损坏我会直接向我爸赔偿的——估计开给我的条件是乖乖去上大学，反正这里所有的车都属于他。"这里是肖马父亲公司举办的车展，若是以往他会千方百计地绕道而行，这次却反常地没有，似乎某个人促成了这种意外。他父亲出售车却不会驾驶车，这样一来跑不赢肖马的父亲只能一直远远看着儿子的背影。

销售经理一边用手机拨号码一边说："我问问你爸爸？"

接完电话后他将亮晶晶的钥匙交给肖马，他坐在新车的前盖上接过，销售经理说："老板要我告诉你油箱里只有三分之一的油，还有你抛弃那辆老爷车是对的，抛弃这辆货车也是对的，但是如果抛弃这辆连牌照都没有的新车是不可原谅的。还有，由于技术差劲在三岔路口出车祸的话，也是不可原谅的。"

"转告我爸爸，我既不喜欢他也不讨厌他，我尊敬他。我这一生似乎注定在车轮上度过，不管他信不信。"他坐在崭新的座椅上发动汽车，跟穿黑西装的经理告别："我这么做只是为了开一个玩笑，虽然我不明白自己究竟是在抛弃还是追求一个女孩。"

重新上路的他有些亢奋，为了父与子之间的默契，之前他的父亲甚至没有要求他接电话，他父亲对他的选择保持沉默——也就是默许他的选择，作为交换条件，他也必须将父亲提出的意见作为选择之一。他父亲教会他的最重要的事情便是如何拒绝，拒绝是一种会发出关门声的艺术。

三分之一的油量足够行驶很远了，在国道上是很难相信路会有尽头的，不停地路过交通指示牌、某地欢迎你的广告、大同小异的现代建筑……长期这样势必会对一些东西产生厌倦。但是他喜欢路过骑自行车的小学生、流浪的宠物、年轻漂亮的异性……不管加速或者减速，他都是在围绕某个中心打转，行驶路线不像是在画一条直线，而像是在画一团密集的涂鸦。

远处有一对青年男女在散步，他主动在他们旁边停下，按一下喇叭再对那个女孩说："请问 X 镇怎么走？我不认识路，可能还没有抵达，也可以能已经路过。"

她喝一口冰镇饮料后说："是的，你已经错过了。有点儿远，岔路口太多，我无法告诉你确切的位置。"她旁边的男生直至肖马按喇叭时才停止牵她的手，他扶一下黑框眼镜看着肖马和她交谈，肢体语言流露出一丝不安，不停地以鞋底摩擦地面发出不满的声响。

　　肖马对她说："你可以上车帮我指路吗？应该不怎么远的，天黑之前肯定能送你回来。"她穿着长款雪纺衬衫配牛仔裤，在左手腕上系着一块细表，她不时会把垂至胸前的头发撩至肩后："为什么提这么过分的要求，太天真了还是太自私了？"

　　"这样你就可以有借口远离身边的眼镜男了。"他直截了当地说。本来预见她会犹豫的，然而她却不假思索地回答。"这个理由不错，我挺喜欢，麻烦你开一下车门。"

　　几乎难以令人置信，虽然心底存在着一丝期待，然而他也没有想到可以这样轻而易举地将她从那个人身边捎走，那个男生木然地看着他们离去，她已经说了明天见可他没有任何回答。很长时间里车内只有她指示方向的声音，肖马没有来得及买一张音乐光碟试试新车的播音器，这让他觉得十分可惜。

　　"我喜欢蓝色。"他终于开始尝试交谈。

　　"你喜欢我。"她轻描淡写地拆穿了他的想法。

　　深呼吸之后他才找话搪塞过去以避免尴尬，而她则若无其事地告诉他应该在下一个路口左拐，其实他想右拐的，反正他对去哪儿无所谓，只要不是交通规则是靠左行驶的国家就行。她在玻璃上画一个又一个看不见的圆圈，似乎对透明情有独钟，对身边的人则不屑一顾。

　　这时阳光是从偏左的角度射入车内的，已经接近黄昏了，低空中应该漂浮着蜻蜓、以植物汁液为食的蚊子、不知名的某种瓢虫……很可惜这个季节没有萤火虫，确切地说，肖马一直没有看见过它们。他说："我今年十八岁，这是个非常容易让人产生误会的年纪，上个月十四号之后，我便告别了被发条时钟、漏斗、命运轮盘主宰的十七岁。我爸送我的成年礼物是 —— 他说他不会为我生日以后闯的祸买单。不知是处于哪种偶然与巧合，在面对别人的苛责、夸奖或者不屑一顾时，我可以找借口，腼腆地说我才十八岁而已，也可以郑重地说我已经年满十八周岁。"

"这是很有意思的双关语。"

"的确。"她漫不经心地回答。有她在旁边他很难专心致志地开车，由于看见了一个骑摩托车的交警，肖马不得不加速甩了他，尽管他不是交警询问的目标。她说："你毕业了吗？"

"刚刚毕业。"肖马回答说，看见她的眼睛时他略犹豫了一下，那目光过于清澈，以至于他没有立刻转过脸去。

她抚摸了一下手表的带子，说："就快要到了。我并不憧憬浪漫，乐于跟别人分享彩纸包装的巧克力味棒棒糖。使我远离那个寡言的男友的人是你，是你的过错，才导致我现在在这里倾诉，最好不要在转过脸来搭讪时还单手握方向盘，很危险的，在这个空间里两个人一起活下去才是最重要的，而略显暧昧的感情是次要的。

"我只交过一个男朋友，可问题是他现在还是我的男朋友，好了，开过那座拱桥后左拐就可以到你要去的地方，我要在这里下车。"喝光饮料后男生总是喜欢把易拉罐用力捏扁，女生则喜欢把吸管打出一个结，她就是这么做的，而且心灵手巧地编出蝴蝶结。他问："为什么？我应该把你送回去的啊。"

她平静地说:"因为我远离一个男人不是为了亲近另一个男人。"

他压抑住自己的情感说:"好吧,我也无法一直爱一个不爱我的人。"

在桥上停车后他为她的任性感到气恼,她隔着车窗说:"我不喜欢太过于遥远的问题,太离谱了,你是个高中毕业的学生,我们根本不是同龄人。现在你的目光盯着我,待会儿就该盯着前面不断浮现的事物,那时你会发觉——我不过是一道已经消失的风景。"

一天的旅程就快要结束了,可是他却对明天缺乏期待感,现在那个他从脑海中随便找出的地名,那个城镇就在眼前。他从它边缘驶过,就像打了一个不漂亮的擦边球,或许应该找一个下坡的地方欣赏落日,一个人独自吹《桂河大桥》里行军的口哨,如果回家的方向是正西或正东的话,他会发现自己延迟或加快了太阳下山的速度。

一直想找时间去电影院看《速度与激情》的,然而一次又一次的拖延导致他丧失了兴趣,他对喜欢的东西大多如此。路边出现了一座废弃的小学,从外面就可以看到光秃秃的旗杆,围墙上的标语是几十年前的了。他喜欢过时的东西,走在废弃多年的课桌上一定很有趣,里面或许有一间储存乐器的教室,他被强烈地吸引了。

于是肖马先倒车后加速,他想要直接从锈蚀的铁门穿入,可是这辆新汽车偏离原本的驾驶轨道,突然发生故障一般失去控制，径直撞在校门边最坚固的围墙上，他来不及赞扬毛泽东时代的工程质量，也来不及质问自己的技术怎么差到了这种地步——他本该穿破锈蚀的校门径直停在荒草丛生的操场上的。安全气囊及时打开了，他的脑袋撞到它后反弹，无意识的眩晕持续了几分钟之久，他的鼻梁骨很疼。

这是一场不严重的车祸。

这车真的很不错，防撞钢梁只是轻微变形，要是他爸爸知道只有三分之一的油量最后一点用于这里，不知道会做何感想。旁边的国道上骑摩托车路过的我在小路与国道的相接处停靠，接近前从旁边的草地上折断一支苜蓿，然后问他要不要紧，有什么要帮忙的？我跟他同龄，他的面庞中透露出和我相同的稚气。

他感觉脑袋有轻微的疼痛，无论如何使劲车门也打不开——因为他是往里拉的缘故。我把他弄出汽车，他坐在旁边的岩石上觉得眩晕："摩托车可以借我吗？我今天换了好几次车了，跟变换面具的魔术师一样。我想去最近的医院，顺便透透气。"

"我送你去吧，我已经被卷入了这场车祸。"我相较于他显得单纯，我身上也看不出一处由于骑摩托车而造成的伤痕。反观他则显得冲动，从骑自行车开始，摔倒就是常事。他说："不，你不是被动地卷入这场车祸，你是主动地参与这场车祸。我想去医院打一针镇静剂，顺便找一个女孩，这样的情况下你会成为尴尬的第三者。"

我扔掉苜蓿，又摘了一根狗尾草衔住："无法理解这样的请求，如果是去找一个容易错过的女孩，顺便去医院打一针镇静剂，这样倒是可以理解。"

"好吧，我承认事情如你理解的那样。"

"嗯，其实车祸会把许多不合理的事情变得合理，我借摩托车给你，我觉得你需要吃点头孢拉定胶囊。我将在你这辆漂亮新车的副驾驶位置上等待，不是等待天黑，是等待你重新变得孤身一人回到驾驶位置上，跟我一起而不是跟女孩一起并列，就像两件沉默的植物标本。

"也许那样的场景即将发生，也许那样的场景不会发生。"我这样做不知道是否出于同情，我会怜悯被命运作弄的人——比如你，你被别人的文字支配着自己的感觉，不安、紧张、轻松、焦虑、愉悦、失落、惆怅、兴奋……都可以形容读者你，似乎你是感情的采集者。可我不会怜悯作弄命运的人，比如我自己。

"你是同性恋吗？"他问。

"不是。"我回答。

"抱歉，我误以为你迷恋我呢。"他握紧离合器，踩下油门。

"我确实迷恋你，生物学家对于稀有昆虫的那种迷恋。"我望着他已经离开的背影。

于是他又一次出没在道路上，一些路灯已经过早地亮起。远处的电线接连不断地架设向更远的地方，有时某处会落满燕子，它们就像五线谱上活动的音符，一次又一次改变不靠谱的旋律。前面有一处标志为三百米长的隧道。

驶入又驶出后他感觉遗失或者得到了什么，只不过那段记忆在回忆终止时只有一段空白。一个女孩对他伸出裸露的手臂竖起大拇指，是请求搭车的手势，她穿着没有袖子的衬衫，配到膝盖的短裙，没有行李，给人一种莫名其妙的轻松感。她说："可以捎我一程吗？你去哪儿？"

"去医院，我得去检查一下自己的脑子有没有问题。"他以食指敲击额头。

她似乎不信："别开这种玩笑，我也是去医院。"

"请上车，"他做出邀请的手势，"我没有开玩笑，我开玩笑的话，会说导致气温下降到结冰程度的冷笑话的。"

两人在漫长的一天里把不具可行性的事情变为了可能。一个人可以驾驶不同的车辆，一个人可以变换不同的服装——一个人当然也能变换不同的身份。

侧坐在他身后的她笑了，那种姿势只可以看见一边的风景、一边的道路、一边的行人。他故意加大油门以削弱自己的声音："也许，仅仅是也许，你一次次改变装束，以不同的姿态出现，就像一个懂得植物心跳的卖花女重复出现，却产生不一样的变奏。也许你做的一切只是为了在任意的时候搭上我的车离去。"

她的一侧肩膀依靠在他的背上，而面庞斜向还未出现星星的天空，她轻描淡写地说："假如，也仅仅是假如，在国境之内纷繁复杂的道路上，不管前面会出现隧道、桥梁还是十字路口，你为了我可以肆无忌惮地抛弃远离我的车辆换上接近我的车辆，沿着一次次失落的线索寻找我。在漫长的一天里，你千方百计地制造路过我的偶然，只是为了在一个特定的时刻捎我离去。"

自杀森林

—— 一个叫肖马的年轻人即将成年

　　"呐，乌鸦又在叫唤了呢。"爬满藤蔓跟青苔的围墙下，肖马的同桌如此说道，手中的一枝杜鹃花花瓣被他一瓣瓣掐落。

　　"是猫头鹰，是猫头鹰的声音。"另一个同学坐在不远处的榆树枝杈上，从高处冷静地俯视其他两人，目光中存在着一丝被掩饰的不屑。

　　"哪里，你们听过吗，以手掩面通过指隙观看的话，可以看到平时看不到的存在。"肖马重新站直，将挽在肩头的校服外套扔到旁边的裸体雕塑的双臂上，然后双手捂住脸，透过指隙仍可以看到他那忧郁的瞳孔。当他将被掩住的面孔转到某个角度时停止了，如同傀儡戏的秀才木偶戛然而止一般，只是没有需要上油的轴承的吱嘎声而已。他放下双手，以右手食指指向坐在树上的同学背后："看到了，不是猫头鹰也不是乌鸦，是人面的怪鸟竦斯，它在叫唤，它的叫声就是它的名字——那是一张难看的女人面孔。"

树上的同学没有进行思考，条件反射地跳落到遍布枯枝败叶的地面上，再回首看刚才待的树杈上，许多枝叶在颤动。鸟叫声依然在继续，可越来越远。头发上粘了树叶的那位同学并没有问肖马关于鸟的问题，他讨厌深究一件事，那会让原本与自己无关的事情变得有关。三个不良少年在红褐色的黄昏中，站在不同的位置凝视不同的方向，天空中缓慢飘动着火烧云，他们没有围成一圈开始打牌，也没有各顾各地掏出廉价打火机点燃廉价香烟。

距离晚自习的上课铃声响起过去了半个钟头，他们却在校外偏僻的道路旁以最无聊的方式打发时间，并非在等待低年级的学生路过好敲诈零花钱。虽然他们都自视为恶人，可堵住小学生以烟头在其面颊上烫出伤疤、再装出一副可怕语气威胁恐吓之类的事情，他们觉得危险度太低、太猥琐——哪怕是抢劫银行也比敲诈弱者有意思。

他们准备在这里捕捉附近经常出没的恶灵——人死之前过强的怨念凝聚的产物。爬满藤蔓和青苔的低矮围墙后面便是发生过凶案的两层式白色别墅，现在已经废弃，所有的门窗上都钉了木条，通过破碎的窗户可以看到黑洞洞的内部，犹如空眼窝的骷髅头一般。多年前一个雨夜，凶手闯入单身母亲跟女儿居住的别墅，从浴室的窗户进入，到处留下湿漉漉的肮脏脚印跟指纹，他并没有直接去单身母亲跟女儿睡觉的卧室。

"他先在浴室拉上帘布，放开淋浴器洗澡，用了护发素也用了沐浴露，连祛痘霜也涂了，他只有在干净整洁的情况下才有心情杀人……懂吗，这些就是我从当时的报纸、当时的电视新闻里整理出的资料。"肖马说道，同时掏出折叠刀削一枝柳枝的分叉。

"那然后呢？"肖马的同桌厌倦了等待。

"之后母亲被浴室里的嘈杂声吵醒，她穿着有兔子装饰的绒毛拖鞋，先去厨房拿自卫的西瓜刀，然后蹑手蹑脚地走到开了灯的浴室门口，里面已经没有动静了。她握紧西瓜刀缓慢地推开门，里面空无一人，瓷砖上到处是肮脏的脚印，她警惕地盯着打开的窗户，雨正落进来——凶手在她背后吹起《波基上校进行曲》的口哨，然后一刻不停连开三枪，每一颗子弹都嵌进了要害的器官。凶手接着继续吹口哨靠近尸体，单手拽住受害者烫过的波浪形长发拖到走廊上，叫道——找妈妈吗，妈妈在这儿。

"但是他没有在卧室找到那个女儿，床底下、衣柜里、门后面……——地找了，可是没有发现。他经过一个又一个房间，打开全部的电灯，找到天亮才吹着口哨离去。第二天来看望的亲戚发现尸体并且报案，警察在后院已经干涸的井里发现了那个六岁女孩——她后来被托付给远方亲戚照顾，再也没有回过这里。至于凶手，是个平日里中规中矩的上班族，两个月后被抓，半年后被判死刑，又过了不久后被枪毙。"

头发上粘了树叶的同学说："一起常见的凶杀案，凶手也没有什么惊人的作案手法，被破解的过程也轻轻松松，完全是按照流程——说实话，蛮无聊的。天已经快黑了，肖马同学，接下来怎么办？"

"大约是母亲临死前想要将女儿藏起来的愿望，那一刻的执念无比强烈，以至于留下执行这一愿望的残影。那之后这附近发生了四起儿童失踪的案件，失踪者都是六岁左右的女童，时间都是在下雨的夜晚——通过这些可以推断，这个恶灵活动范围是以别墅为圆心半径四十米的范围内，行动时间得是下雨的夜晚，而且如果不对其藏起女童的行为构成直接妨碍的话，它不会对其他类型的人出手——就像是已经固定瞄准 A 的狙击枪，只要 B 不出现在射向 A 的弹道上是不会被击中的。"肖马轻描淡写地说道，然后将已经削好的柳条枝插在别墅四周的不同方位，并且从衣服上撕下白色布条绑上。

"喂——喂，今天可不是什么雨天，很标准的晴天，这样的天气，幽灵什么的不会显现的吧。"肖马的同桌提醒他。他的同桌很讨厌这个昏暗的时间段，望着远处小镇上密集的灯光，再回头看阴森的别墅，心里不禁打起了退堂鼓。

"普通人总是觉得恶灵的存在是断断续续的，只有作恶的时间才有真实感。并非如此，它们一直存在，一直等待着时机，平时像动物般潜伏着。很多情况下不是恶灵攻击你你才恐惧，而是你恐惧恶灵才攻击你。

"这样的天气是它潜伏或者说休眠的时候，是最容易捕捉的。"

肖马掀开准备好的油漆桶，用刷子围绕别墅画起一个接一个的红色箭头："喂，你们两个，好歹帮下忙啊。这里是恶灵熟悉的环境，得略微设置一下机关。"

　　另外两人并不清楚他行为的意义，可还是解开一个个扣子，扔掉校服外套一起帮忙。肖马的同桌并不觉得他们彼此之间有多深的交情，他深刻明白，肖马跟别人建立保持距离的友情只是为了掩饰自己的孤独，他不希望显得特别。考试故意不拿第一的成绩，篮球比赛也是扮演辅助角色——即便是交女朋友，他也只是为了不被误认为是同性恋。至于另一位头发上粘树叶的同学，他对其并没有特别的想法，只不过是他跟肖马一对一的对话随时容易陷入沉默的尴尬境地，需要一个第三者融洽气氛。这样一来逃课去网吧也好，去打桌球也好……除了去跟女生约会外，各种活动跟密谋都更容易进行。

　　当围绕围墙画好了箭头，肖马的同桌直起腰舒缓颈椎，一副筋疲力尽的模样。而肖马则说："好了，天差不多暗下来了，可以行动了——喂，你们两个待在这里别动，等我潜入捉住恶灵后回来，千万别动哦——不然死了我不负责的。"

　　"喂——喂，我们怎么知道这里就安全？"他的同桌说。

　　肖马没有回答，自顾自地走了，沿着那些箭头的反方向——也就是逆时针方向，围着低矮围墙绕行一圈，肩头不时擦响墙上的植物。他停下了，一如预期他发现自己并未回到原点，而红油漆刷出的箭头有如血液刷出的一般醒目，原本一致的箭头方向错乱地指着不同方向。两位同学不见踪影，又可以听到竦斯鸟那接连不断的怪叫声。肖马的呼吸开始急促，他知道自己陷入了恶灵在心理上，而非在空间里构造的迷宫中——而恶灵，就在螺旋形的迷宫中央。出于恐惧，他重复眨右眼，次数比左眼多一倍，这是他恐惧的信号。毕竟他只是个十八岁少年，只有在同伴面前才会强装镇定。

只要沿着与箭头相反的方向一直走下去，就可以回到过去，回到事发当日——肖马制造了一个简易时钟。当然，确切地说不是改变过去，因为死者不能复生，而是改变恶灵仅有的——那位母亲被凶手杀死的记忆。肖马继续走下去，他明白一旦回头自己就会陷入死者记忆的断层，会变成一只平常肉眼不可见的竦斯鸟，终日在凶宅上空盘旋。

随着深入，破败的白色别墅开始变得崭新起来，围墙上遍布的植物开始褪去。这时，他身后传来同桌的呼喊："喂——肖马，我还是忍不住跟上来了，你稍微等等啊。"

"很诡异啊，肖马同学，我看到一个影子陆续经过每一扇窗户。"这是另一个同学的声音。

他根本不理睬身后那些竦斯鸟模仿出的同伴声音，这样简单的骗术对他不起作用。他加速围绕围墙前行，天已经阴沉得看不见月亮，马上就要回到那个下雨的夜晚了。又过了一会儿，他在雨中前行，看到浴室下方正在往上攀爬的黑影。这时他背后传来了自己的声音："呐，你以为自己很聪明是吧——呱啦——你的确很聪明——呱啦——不知道你的两个同伴有没有这么聪明。呱啦——你们两个，我已经搞定恶灵了，快点沿箭头的反方向过来，大概跑两圈后就到了——呱啦！"

糟了，竦斯鸟要对自己的两个同学下手，肖马又开始轻咬下唇，这是他焦虑的信号。他凝视着亮灯的浴室，犹豫不决，已经到了恶灵记忆的起点，继续往前跑也只是原地转圈。他觉得自己无法动弹，但是又马上冷静下来："竦斯鸟，你是跟我跑到这里的吧，在恶灵的迷宫里你也得遵守恶灵的规则，你从终点回到起点需要十分钟——而我捉到恶灵只需要九分钟！"

十分钟后，已经很不耐烦的两位同学面对着锈蚀严重的铁门，可以看到里面杂草丛生，连一条小径也没有。三叶草丛上卧躺着一只棒球，相信落入那里后就再也没有谁敢去捡回了。这时，围墙另一头传来肖马的声音："喂，你们两个，我已经搞定恶灵了，快点沿箭头的反方向过来，大概跑两圈就到了。"

"咦，肖马，你的行动出奇地缓慢呢。被其他艳丽的女鬼缠住了不成？"他的同桌调侃道，从口袋里掏出一只崭新的棒球，调整好自己的姿势完美地掷出，棒球沿着完美的弧线飞过屋顶，越过院子，落到另一边去了："这样，我就是主要去捡球，顺便看看肖马死了没有呢。"

他们按照那个声音的指示沿着箭头反方向，拐过一个又一个转角。缓慢踱步中两人并未察觉到什么变化，他们都认为穿着木屐更适合这样的散步。终于在又拐过一个转角后，看到了无力地倚靠围墙坐在地上阻碍红蚂蚁去路的肖马，他的背部蹭去了墙壁的一层青苔，耳垂下方正轻微地出血。他一言不发地欣赏着手中装着淡蓝色气体的小玻璃瓶，偶尔摇晃，专注的神情仿佛是在进行不容差错的实验。头发上的树叶已经被拈走，他的同学将右手搭在他后脑勺上："哟，相当冷漠的少年阴阳师呢……唔，阴阳师这样的称谓或许不对。除妖师怎么样？"

"对你们的估计真是正确呢，行为完全不经过大脑思考。如果不是我在第九分钟结束前将那股怨念装进玻璃瓶里，你们就成了两只长着难看面孔的怪鸟。

"不过我对事情的起因估计错了，相当严重的错误。盘踞在此于雨夜作恶的异物，并非产生自凶案发生的夜晚遇害母亲想藏起女儿的执念，怎么说呢，女童一再失踪的原因，是由于那个有轻微洁癖的凶手。那个相貌清秀的男子在建筑物里找了一夜也没有找到那个女孩，他不甘心，至死也不甘心的杀戮欲望残留在案发地，形成恶灵，在雨夜找到并且杀害六岁左右的女孩。凶手对完全陌生的、仅仅是没有杀掉的人的执念，竟比母亲对血缘相连的女儿的执念更加强烈！

"这个错误，几乎要了我的命。"

在身后的建筑物归于平静后，他们三人也陷入了可怕的沉默中。

一种可怕的恶意蔓延开来，比任何一种藤本植物都迅速，疲惫的肖马闭上双眼的前一刻，他以双手捂住面孔，透过指隙看到在黑暗中飞舞的三脚白鸦。闭上双眼是他绝望的信号，他不希望别人看到。这已经不是他第一次尝试捕捉本不该存在的事物，经常接触异类不是由于家族遗传了什么独特基因，只不过是由于他在生与死之间犹豫不决罢了——他是一个憧憬死亡的十八岁少年。

第二天是个雨天，断断续续的冷雨。

各式各样的人进入教室时雨也混了进去，除了我跟你外没有谁察觉。地面上到处是摞叠在一起的湿漉漉鞋印，每个人都怀有倦意地尽量长时间保持一个姿势，雨让人松懈。窗户玻璃上，重复而且密集地开谢着雨之花，一瞬间的开放与飘零，比昙花更甚。那些撑开的雨伞放置于教室后面，雨从伞着地的一角淌下，而挂在墙壁上的那些雨衣衣角，落下的水珠发出滴答声。老师在黑板上写些什么，学生们则在垒高的课本后面做些什么，一方装作没有看见，而另一方则装作以为对方没有看见。我跟你也混入了教室，这样混乱的情景，仿佛重现了记忆深处的某一次沉闷课堂。

而肖马他们三个人则因为昨天的逃课而在走廊上罚站。其他两人背靠着护栏看着教室里面，他同桌的视线停留在最后一排在织毛衣的女生身上——他喜欢她，而她在为另一个男生织毛衣。另一个同学则透过窗户盯着黑板，他不想落下这一堂化学课程。而肖马则背对着教室，凝视着外面的雨景，另外他也在思考要不要就这样以跳水的姿势从三楼跳下，在积水的混凝土上支离破碎。

路过的教导处主任拍了一下肖马的肩膀："喂，肖马，又在罚站呐？"

"有问题吗，老师？"肖马的声音如雨一般冰冷。

"有是有……然而……算了吧。"教导处主任继续前行，只是将左边腋下的蓝色文件夹换到了右边腋下。

肖马回过头来，或许是由于侧面的缘故，目光令人不寒而栗，他望着教导处主任的背影："是不是想问这个世界何以堕落至此？

　　"另外，您的背上好像攀附着食梦的妖精呢，不需要以手捂住面孔，就可以看出这一点。"

　　下课铃响起的缘故，《天鹅湖》的乐曲声中，对方没有任何回答。

　　他抬起头，看到屋檐上的晴娃娃不知何时换成了雨娃娃，它正在风中飘动，系着的铃铛不断发出悦耳的声音，应该是它自己由哭脸转变为笑脸的吧。肖马是一个以自杀为人生目的的少年，他不爱任何一位打扮时尚的少女，他爱的是死亡这一现象。从三岁第一次试图将手伸进发出破裂声响的炉火开始，到去年以父亲的剃须刀割开双腕浸入放满热水的洗手池为止，他对死亡展开了一次又一次不坚定的追求。有意外的原因，但是更重要的是他对生命仍旧怀有眷恋，是的，一个既爱生命也爱死亡的少年，这是比一个英俊男主角配两个漂亮女主角复杂得多的三角关系。

　　然而困惑不安的青春期里，摇摆的天平越来越倾向死亡一方，悲观的他在自己往那边加重筹码。从目睹一只黑猫的死到发现恶灵的成因，他从许多事中发掘绝望，不断加重自己的内心，他觉得自己已经做出选择，事情已经不可挽回。

　　雨仍在下，下课时间里走廊上学生们来来去去，湿漉漉的地面上可以倒映出影子。我在拥挤的人群中经过他面前，他并未抬头，只是对同桌说："我最近很烦躁呢，出现在周围的异物越来越多，这是不好的事情要发生的前兆 ——刚才过去的那个家伙，没有影子。"

　　于是原本会跟我一样经过的你，木然地停在原地。

几天后的周末清晨，阳光照进肖马的房间里，仿佛要出门旅行般，肖马已经整理好整个空间。书架上的书籍分类摆放，垃圾桶里沾有精液的面巾纸被清理掉了，原本散乱的一盘国际象棋也回到原位——是的，他即将出门。在桌面上平摊着一张旧报纸，是十年前的了，上面的副版里有一则新闻是关于日本的"青木原树海"的。在那片可以看到富士山风光的美丽森林里，在某条废弃道路的不远处，当年第十九个自杀者的遗体被找到了，是在朴树上上吊的，就在"生命可贵"警示牌后方十米的位置，真是颇为讽刺呢。

自松本清张的小说《萧瑟树海》出版以后，已经有超过五百人在那片森林里自杀。林中到处可见劝人珍惜生命的标语，当然无济于事，或许森林本身存在恶意，有意地促成这样的事情。报纸上有两行漂亮的钢笔字，是肖马抄下的《万叶集》里的一首短歌——隐约雷鸣，阴霾天空，但盼风雨来，能留你在此；隐约雷鸣，阴霾天空，即使无风雨，我亦留此地。

无论从什么角度看多少遍都一样，肖马已不在这里，只是这个空间还没有适应这一情况，总觉得缺少什么。在梳理好发型，铰去多余指甲，穿上电熨斗熨平的黑色外套，将鞋带系成蝴蝶形后他拎起背包步下楼梯，一下下踩响杉木踏板。路过还在喝小米粥的父亲，等到了门口时他有气无力地说："我出门了。"

接下来他觉得自己进行了接连不断的道别，虽然没有驾驶证的他骑着父亲的破旧摩托飞驰于国道上，可是遇到自己认识的人事物就会停下来道别。哪怕是仅有几面之缘的、比自己大几届的学长鬼魂，他也在桥边的凉亭边停下跟懵懂的对方说声再见——对方死于一场由三角恋引发的学生斗殴，相当无聊的原因，但是他总是忘掉自己死亡的事实，故而徘徊此地。

有时肖马不禁会怀疑，在这个偏僻小镇究竟是幽灵混入人类当中，还是人类混入幽灵当中，看到的异物在最近一段时间成倍增加。为了防止犯困他咀嚼起口香糖，昨天晚上由于能分成两半的地精在他房间里跳来跳去，他一直没有睡好。那些苍耳演变的地精在他房间里跳舞，这种植物一生中有一次机会幻化成形，不受根茎的限制自由活动，不过会在次日黎明枯萎死去。

今天早上他首先做的，就是在后花园埋葬掉那些度过一夜良辰的地精。

路过教导处主任家时他也进行了道别，以扔一块石头砸碎他家窗户的方式。然后以六十公里的时速扬长而去，他所进行的一次次道别不是出于不舍，反而是出于厌倦，为的是将自己与过去的联系一根根切断。如同悬崖上的攀登者被绳索悬挂着，在空中晃来晃去，已经疲倦的话，相较于缓慢艰难地以抓钩往上攀爬，将几条维系的绳索割断更为轻松简单。那样，就能够毫无阻力地坠往另一个世界。

路边的景物连续消逝，熟悉的一切越来越遥远，可以深刻感觉到渐渐失去的轻盈与虚无感。前方传来一阵鼓声，他陷入一阵迷茫，差点跟超车的另一辆汽车擦撞。那阵鼓声直达他记忆深处，但又没有激起回忆的涟漪。前方是鼓声发出的场所，正在举行祈福消灾的春祭，就在路旁破败的星君庙前面，那一层层长出杂草的瓦檐边际的牛角形钩状物实在扎眼。惊魂未定的他握紧前刹车，摩托车由于巨大的摩擦力而摆动，轮胎在柏油路面擦出胎印，那是相当刺耳的噪音。

反正不必担心迟到的问题，于是肖马下车接近那里。前面挤满手持香烛、篮子里放着整只烧鸡的中年妇女，她们在等庙门打开。在那些戴着鬼怪面具、披着破烂斗篷的小学生跳完祭舞后，上锁的庙门就会打开，让人们进去供奉。

那些小学生没有经过排演，跳得不成样子，他们参加祭祀只是为了得到散祭后分发的供糖。肖马不记得自己有没有戴上过三眼鬼或者牛头怪的面具参加春祭了，他缺少那一部分的记忆，他的记忆通常只会保存最喜欢或者最厌恶的往事。刺耳的唢呐声响起，然后是漫长的爆竹声，窗纸早已经破烂的雕花木门马上要开启，而负责开门的竟是个未受戒——也就是未烫香疤的青衫和尚，庙里明明供奉的不是佛祖不是菩萨不是罗汉，那个和尚仍恭敬地双手合十念句阿弥陀佛，然后从一大串钥匙中找打开庙门的那一把。

肖马已经准备离去，反正继续待下去也想不起什么。当庙门开启的那一刻，握着离合器已经发动摩托车的他听到不算刺耳的轴承转动声，看到人头涌动的庙里高高在上的星君那不可捉摸的笑容。他又一次在道别后飞驰而去。

在骑摩托车时他从不故意左右摇摆，那会增加出车祸的概率，他不希望出现那种暴力的、充满不确定性的死亡，他希望的是安静的——落叶沉入水底一般的死亡。终于，在驶过七座桥梁跟四个隧道后，他来到自己选择的终点。呈现在眼前的是一片寂静安宁的森林，那是一片落叶阔叶林，到处都可以见到入口。他叹了口气，将摩托车停在路边，钥匙也不拔掉，就背着背包踩响落叶进入树冠在风中起伏的森林。通过上空的飞鸟，可以更加自信那是理想的死亡之地，他没有写遗书的想法，他希望自己的遗体不被找到。最后他不忘回头跟摩托车告别："虽然只消耗了大约五分之一的93号汽油，可还是要告别了呢。我原谅你左边后视镜松动、老是容易熄火跟远光灯开不了这些毛病，你也原谅我老是握前刹车、打开备用油箱阀门总是忘记关上跟每六个月才洗一次车的习惯吧，我们都有过错。呐，就这样吧，好聚好散。"

然后他以单手捂住面孔，透过指隙看到藏在梧桐树后面的双头迷羊，那是专门在森林里引人迷路却还总是装出无辜可爱模样的白色怪物，一只头大而另一只头小，特别喜欢吃芭蕉叶。肖马跟随迷羊前行，那两只头总是为走哪边而起争执，以小巧的犄角相互抵撞。肖马并非一直以手捂住面孔，这是间歇性的，反正迷羊会在看得到的角落里等自己，每隔一段时间确定一下它的位置就可以了。不时有鹧鸪从头顶飞过，他无暇欣赏林中的风景，只知道自己在接近人生的终点。不知道丛林里有多少双眼睛从自己的角度关注着他，我跟你只是其中两个角度，这个浑身上下散发死亡魅力的少年，他的举手投足间都会凸显落寞的悲哀感。

他最喜欢的一句话是——万物皆有灵。他想以此为遗言。

当前方出现一株非常漂亮的樟树时，肖马不知道自己身处于何处，见到那树，他仿佛见到漂亮少女般怦然心动。他觉得没有必要继续前行了，自己将在此地死去，尸体将在风中晃动。他取下背包拉开金属拉链，从背包里取出一把折叠刀，一圈水手绳。想到自己将由于绳索压迫颈部血管脑部供氧不足而死，他露出欣慰的笑容。他将绳索套上樟树的树杈，双手用力下拽确定牢固后松手，他打的是会慢慢收紧的套结。准备工作已经结束，接下来爬上树杈将绳索套到自己脖子上，然后跳下就可以了。

在他还没有，但是即将说出——万物皆有灵——的情况下，在樟树背面，肖马看不到的地方，我缓缓说："终于做出选择了吗？"

"我原本想问你是谁，但是马上又不感兴趣了，我记不住那么多异物的名字，不管是鬼魂、恶灵、妖精还是物怪的。现在行动也阻止不了我的死亡的，只能够推迟而已。"肖马中断了行动，掏出折叠刀回头凝视你所在的、所沉默的地方，那是一株杉树后面，皱起眉头的他什么也没有发现。

"我无意于此。"为了阻止规则被破坏，我进行了欺骗，或者说是以谎言阐明事实，"你是个在生与死交界处徘徊的人，了解人类也了解鬼怪，怎么说呢——死亡诱惑了你，就像一个裸体女人诱惑了一个未经人事的男人。你是一把关键的钥匙，站在两个世界交界处的路口或者说出口上，一旦你以这种方式结束生命，原本关闭的门会敞开，生与死的两边将纠缠在一起产生畸形的怪胎！"

"那又如何？门的另一头是天堂还是地狱？"他以折叠刀在树皮上刻画图案。

我沉默了一会儿："都不是……或者说都是。你觉得自己已经跟存在羁绊的人事物一一道别了是吗？就是一一地切断关联了是吗？对于生命里的一切既不爱了也不恨了，就是跟自己无关了。你认为自己以冷漠而非折叠刀切割了一切，割断了木偶身上所有的线般割断了自己身上牵连甚广的关系。

"但是只要有一根没有切断，就足够将你从死亡边缘拉回。"

"哦？你可以尝试一下。"他重复眨着右眼，次数比左眼多一倍，这是他恐惧的信号。

"你进行过很多次失败的自杀，从试图将手伸进发出破裂声响的炉火，到以父亲的剃须刀割开双腕浸入放满热水的洗手池。反过来这也说明——你一次次的成功求生。

"生是你已经拥有的而死是你未曾拥有的，所以你倾向死。可你要明白，生是你终将失去的而死是你迟早会得到的。"只要仔细观察某株树木，可以发现新生树叶生长的同时枯老的树叶也在飘零，生与死正同时在这密林中发生。只要捂住脸，就可以透过指隙看到其他东西移动，它们不是准备来参加肖马的葬礼的，它们视肖马的死亡为一场盛宴。我继续说："你即将成年，可你恐惧成年。"

肖马轻咬下唇，这是他焦虑的信号："那又怎么样……那又怎么样……"

"你说自己已经切断了一切羁绊，可是没有，你并未切断跟过去的自己之间的羁绊，你仍爱着自己，是个自恋者。昨天或者一年前的你直接影响着现在的你，你的记忆是断断续续存在遗漏的片段集合，如万花筒般转动就看不到缺陷。你仍爱十四岁夏天站在河滩上投出碎片打水漂的自己，你仍记恨十六岁时出于失误放跑恶鬼导致母亲遇害的自己，你仍厌恶十七岁时某个夜晚被父亲发现在手淫的自己——通过这些关联，足够将你拽回活人的世界！

"另外，你不记得在很久以前的一个下午，你戴着牛头怪的面具坐在很高的门槛上，那是在星君庙，你讨厌掉漆的星君那狰狞的笑容。祭舞已经跳完，供糖也分发完后你一个人在那里，在烟香熏缭的大殿跟两个小鬼捉迷藏，他们脖子上挂着骷髅头念珠，你们玩到傍晚才尽兴。那两个青色的小鬼邀请你一起下地狱，你说不，冰箱里的樱桃还没有吃完——数学作业还没有做完——还没有对隔壁班欺负自己的男生报仇，总之自己更愿意待在人间。

"后来你自己有意删除了这段记忆。"由于树枝交错而看起来残破不堪的蓝色天空，一只翠鸟飞过，说明附近有河流。间隔一段时间，分两次观察周围，会产生那些树木悄悄移动的错觉，森林以寂静包容一切，也吞噬一切。肖马闭上双眼，这是他绝望的信号，对死亡绝望。

他踱步到远处捡起一个硕大松塔，在他回到樟树下之前，藏在杉树后的你凝视着樟树，猜想其背后阻止了肖马死亡的我，即欺骗了肖马的作者。他回到樟树下将松塔放进背包里，拉下金属拉链，然后重新背上背包："那么，昨天在渔具店买的绳索怎么办？"

"可以改成秋千，晃来晃去的秋千。"隔着樟树，我跟他背对着背，面对不同的方向与可能。

"我回不去了，我已经迷失在森林里，找不到来时的路。"他说。

"两只头的迷羊，较大的头引领人走错误的路，较小的头引领人走正确的路——两者起争执总是较大的头赢。你可以去割下迷羊较大的头，那样较小的头会引领你原路返回的。"我说。

肖马以单手捂住面孔，另一只手拎着折叠刀，朝一个方向踏响落叶而去，他走向的地方，芭蕉叶发出窸窸窣窣的动静，出现被咬动的齿印。肖马以刀刃割开一张结实的蜘蛛网："这样的啊，回去以后我得重新学习怎么爱一个人，怎么恨一个人，这是成年必须经历的过程。"

新人生

——这既是开始也是结束

不知道你是怎么想的，我非常反感等车这一行为，几乎可以说是憎恨。那种不知车何时会来的感觉就像噩梦，得重复看手表，找无聊的事情磨蹭时间 —— 比如频繁喝碳酸饮料再频繁上厕所，总是容易让尿液溅到裤子上。然而肖马不一样，他非常迷恋这一行为，怎么说呢，可以称之为一种瘾吧。

四 月

阳光穿透空气，这样的天气任谁都想折一枝蒲公英，等它自然而然地消散。轻盈而散漫的周六上午，乡间的三岔路口一如既往地没有金属路标，也许它又一次被卖入了废品站，就像做工普遍缺乏创意的井盖一般。

交通警察模样的人偶不久前才拆去，这种过时的标志总是在不见之后让人想起。起码肖马在倾向某一方时，他的目光犹如车窗雨刷般来回，刷新之前的想法。肖马总是回忆起身后经过的人或物，最好是在雨天，最好是在伞檐相触后才发现对方，诚然，追溯往事时虚构的成分大于写实，由于明白这一点，肖马总是中断思考啃噬手指甲，譬如现在。

不知道走过公路时啃噬手指甲会不会造成恶劣影响，除了不时过往的车辆外，偶尔经过的行人也只是略感诧异。非常干净的沥青路面让人不禁想要躺下，怪不得车少的路段农民会摊晒谷物，惹来敏感的雀群。原有的油漆标识磨损得厉害，于是被覆盖了一层新漆，油漆味至今很浓，给人挥之不去的黏稠印象。徒劳地徘徊中他裸露的手臂完全没有年轻男性的强壮的感觉，犹如纤细的百合。

他会下意识地弯曲手掌遮阳，在仰视太阳的片刻。人生仿若蚂蚁般徒劳，虽然这不能解释肖马此时此刻的行为，既然追求什么皆属徒劳，那么不妨等待什么。如果可以的话，他希望有人制止自己反复横穿马路的行为——一遍遍重复，当汽车于阳光下反射金属光芒驶过时，只需停下看清车牌号便好。他不是往地面漫不经心地撒三角钉的那类角色，不然早就倚着一旁的行道树等待车祸发生了。他不是等待这个，他期待某人的制止能使自己倾倒。

可以的话，用手拉住自己瘦弱如百合的手，它稍显骨感。那当是年纪稍长的异性，尽管陌生却可以很快熟悉，她比他更有决心搭下一班车离开，他不会说再见。他从很久以前开始就没有告别的习惯，经常因此被指责没有礼貌。他会道歉，却不会阐明自己相较于说再见，更欣赏说永别，这样的想法在面对他人时自然难以启齿。

行道树普遍没有特色，树冠倾向向阳面的现象并不普遍。肖马非常厌恶气味古怪的向日葵，他对一株株间距四米的、发育不完全的槐树持欣赏态度。目光凝视着树叶层次分明的枝杈，透过它看见残缺不全的蓝天有着别样的清澈，于是他含蓄地微笑，以至于眼前驶过一辆油罐车也没有注意到。有些设计尽力缩小体积，比如飞机，而油罐车则相反。里面满载的晃动的柴油与肖马体内循环的血液起了共鸣，仅是一瞬间的工夫，便摩擦出了似是而非的失落。外形浑圆的油罐车远去了，其后拖曳于地面的铁链尾端，竟系着寓意幸福的中国结。想必是一个不针对谁的玩笑。

又一次，他要走到公路对面去，也许是次数太多，他竟出现了自己在对面等待自己的幻觉。他撩一下额前的发梢，跨出不具决定性的一步，这时一只手拉住他扬起又将落下的手，宛若分针突然静止。肖马认为自己即将越过边界可是一半身体已经沦为固化的岩石，没有知觉。

拉住肖马的女人似乎感到后悔，可依旧坚持到那辆估计开到150迈的白色跑车驶过才放手。面对肖马的注视，她略微低下帽檐，仿佛什么也没有发生过。根据那辆白色跑车的驾驶员的性格，他判断那样的人无论驶向何方都会抵达死，自己必然的与别人偶然的死。她从牛仔裤里取出口香糖："意外是特别喜欢袭击任性的人的，车祸是意外的一种。"

那顶遮阳帽留有系蝴蝶结的痕迹，她比他矮一点，就一点。由于近视，他总觉得镜片可以隐匿和修改一些情感。但直视那清澈得纯粹的目光，他觉得不好意思，不得不忽视那不俗的外表。她的话语特别拗口，肖马无从回答。她总是在听他说话时拿下听音乐的耳机，自己说话时重新戴上。的确，两人会下意识地靠近，直至得疏远为止，她的手臂更为纤细，手腕处的手表表盘朝内，这样看时间就不必反过手背。

"我看着过往的车辆，就像弧度不同的帆，它们划过表面无声无息。"肖马说，然后稍微挪开一点，以免肩膀相互触碰。她比他稍微年长，恰好可以看出来的程度，时间对每个人都是严格的。不过当她微笑的时候看不出这一点差异。

"沉默是种美德，互相的说明确实是可以增进隔阂。吐露似是而非的话语犹如吐露一种茧丝，必然围绕自己织出不真实的茧。这并非夸张呐，毕竟在别人面前我从未拆穿这层半透明的薄膜，现在也是。"肖马喝起买来的可乐，之前问过她要不要了，她表示自己对含糖的饮料有一些心理过敏。

"是的，我犹豫地徘徊，始终没有决定拦下哪一辆车搭乘。它们来过，可是它们又走了。"肖马说，看到她系鞋带的动作，他觉得自己穿凉鞋有些没有礼貌。

"我搭下一辆公共汽车离开，满座也没有关系。"她说，肖马不置可否，她先于他在这里等车，自然先于他离开。

五 月

当煤渣细微到一定程度，便不再被人视为固体，漫天飘浮着这类颗粒物造成了恶劣影响。仰视天空再扬起手掌，反复变换手势，似乎通过它可以校准某一片不变的云。那得经过半透明的玻璃顶棚过滤，就像表达焦躁与不安的情绪得通过政府的审查一般，加强了个人的抑郁。

至于集体，这种场合下几乎人人都在不大声地讲话，可即便是说给自己听的程度，在这里也能掀起巨大而模棱两可的声浪。有如包括了所有情感、所有意志的讲话，只是让人听不清楚，那原本没有含义，如同细胞凝聚成没有生命的珊瑚。这儿，是现代化的火车站，火车即将进站的当下，任何个人都难以凸显自己。肖马坐在不起眼的角落，距离站台很近，能清楚地看见上面踱步的巡路员的表情——也就是我的表情，可他想要更接近，手中那张被弄皱的火车票随时都有被遗弃的可能，明明没有风，可太多的呼吸足以使这张浅红色的纸张略微飘起。

广播通知了火车即将进站的简讯，明明整个建筑都被翻新了一遍，可那生锈的巨型喇叭完全没有进步。尤其是女播音员糟糕的声音真是一如既往，在她的口中，所有远方的城市的名称都等同于平庸的代名词，不能引起一丝浪漫的遐想。

肖马觉得自己感冒了，有些轻微的鼻塞，虽然这类似于自己身处密室却对听不见室外的蛙鸣产生反感，这是需要打开一扇窗户或打开一些顾虑的症状。悬挂于中央售票窗口上方的巨大钟表已经坏了，时间停止在八点一十七分，如今人们只在乎显示屏上不断更新的数据，时代已经不同了。

最新一班列车即将进站，不过不会停留，会继续驶向偏离正途的方向。以前运坦克的列车驶过这里可以明显地感觉震动，若仅是一列坐满心情沉重的乘客的列车驶过，那么旁人自然会觉得无足轻重。列车即将进站，那浑然的金属外壳漆上了高科技的白色液体，一个小偷不禁感慨："时速已经快到了无法扒火车的地步，连搭免费车都不成。"

肖马从座位上站起，脸斜向一方，在那儿我与他直视同一位置，不过我比他接近得多，他觉得自己、巡路员以及火车司机注定在某一时刻联系在同一条直线上，尽管各自的心灵没有共鸣。肖马不愿那样，火车正在接近，于是他轻而易举地翻越护栏去接近我。二者动机一致，接近只是为了疏远，抛弃的事物越多，关于过往的纪念越多。踩踏地板的声音特别空洞无力，却又强调了世界上的实在感，对此，在铁轨下的石块间艰难生长的植物深有感触。

站台边上，作为巡路员出现的我始终没有跨出一步，规规矩矩地守护自己，这大热的天却几乎把面庞埋进制服的领子里，眼下微微颤动的铁轨说明了一切，它没有引诱人卧下的魅力，我有些嗤之以鼻，视线尽量地抬高，广播重复播放了列车进站的讯息。而肖马已经伫立在我身后犹豫要不要将我推下铁轨，此刻售票窗口上的钟表时间停止在八点一十七分。

对肖马而言，那就像丢下原本寂静的空瓶，只是为了聆听回音，在生活中总有些异物会破坏平静，抛起硬币——这样做或那样做，犹豫之后什么都不做才好。以双手插进口袋的姿势伫立，欠缺一顶鸭舌帽，不然就一副流氓派头。火车正在靠近，同时准备着远离，有如写完一张信纸后撕下。有谁想要拍下迎面而来的火车照片吗？在铁轨中央架起老式胶卷摄像机捕获那笨拙又轻盈的钢轨，这有如等待金属子弹飞过嘴边时擦燃香烟而非贯穿两颊。可是在摄影艺术没落的当下，不会有谁去冒险的。

火车陈列于眼前的刹那，肖马产生了置身画廊的错觉，他倾斜地往前与我并列，欣赏稍纵即逝的一切。我缓缓地解开一个扣子，说道："在以前的深夜，我得站在站台举起微弱的煤油灯摇晃，不然吸烟提神的司机会错过其实错过也没关系的站台。"

肖马目睹火车宛若一副纸牌摊开，上面没有金花王后，也没有宝剑国王与银发男仆，一扇扇清澈的车窗上一张张自己的影像，以同样的表情讲述不一样的天真。那列车应该停下五分钟，为他特意停下，起码他自己这么认为。

不知道也置身于车站的你是否这样认为。

七　月

"进去看见了无尾猫的话，出来请告诉一声，谢谢！"门口边的长椅上，一个老人朝肖马略微点头，长廊上只有他们两人，弄得肖马很不好意思。檐外的天空蓝得出奇，连绵的云絮形状改变得很缓慢。"一定。"肖马说，他腋下夹着一本记录簿，上面写着这个小镇所有人家的水表数据，在工作偷懒时，他会往页与页之间夹树叶。

深入只是为了返回，他相信这一点，老法庭内部过于空旷，要在这里找些什么过于容易，反之，要藏些什么也过于困难。

他没有义务替老人找猫，只是说看见了告诉一声罢了，除非推开一扇又一扇卸去锁芯的门扉后，发现一只又一只无尾猫。他不喜欢抄水表的工作，不过可以勉强接受，他强迫自己接受的理由是，这份工作可以打发夏日里漫长的时间，不无聊是件值得高兴的事情。他最欣赏的门是开有一扇供宠物进出的小门的大门，然而这种门不会在老法庭出现。

仿佛被蚂蚁清理过的尸骸，一切都很干净，或者说一切都只剩空架。肖马清了清嗓子，确定四周无人后开口："喵咪——喵咪——"他蹲下查看死角的动作非常滑稽，现在他讨厌一种现象——猫走路没有声音，是天生的沉默者。而沉默者开口时，肖马的目光正漂移于密集的桌脚间，它说："你在找什么？"

"找你呢。"肖马拍了拍之前跪下的膝盖，背过身去，天花板上垂挂着的电灯泡是亮着的，肖马对于这点并不介意，他收的是水费而非电费。那只无尾猫继续于连接的桌面行走，皮毛是黑色的，呈三角形的瞳孔流露出轻蔑，其实它的出没是有动静的，只是别人不在乎罢了。在象征平等的法庭上，猫与人并不相关，虽然都在享受这里有回音的寂静，在这里产生分贝就像打碎玻璃，无尾猫说："为什么离开？"

"因为找到了，该去抄水表了啊！"他叹了口气，关掉了电灯，看见钨丝是红色的，估计至少亮了一周。水表安在楼梯下，一个陈旧的 35 度夹角内，他不得不从帆布挎包里掏出一只手电筒，心想，若是逃避家长的小孩躲到下面，那家长就无可奈何了。

抄完水表后弄得身上沾了灰尘，肖马将记录簿重新夹在腋下走出一扇扇门，没有按照来时的路线，反正只要无目的地走下去就准能到达或离开。不管哪一扇门后都没有人，锁芯都被卸去了，这是为了方便这里逐渐荒凉下去。

当路过审判大厅时，黑猫已经不见踪影，他揩了一下被告席上的灰尘，不，他打了一个勾。在过去在表格上打勾可以表示死刑、释放、表扬、惩罚……多种多样的可能。之后他又站在法官席前轻轻咳嗽，想要说些什么。他发现法官席与被告席的距离比电视上看到的近得多，桌椅也陈旧普通，随着新法庭在别处建立，他们拆走了木制的国徽，这样自然留下了螺钉深深的钻孔，透过它不可能进行任何偷窥。

肖马抬起又低下目光，像告别一样耸耸肩膀，政府机构或前政府机构的水表只需要半年抄一次，水费一次性上交。肖马只是替生病的母亲工作，至多干完这个暑假，他甚至没有在这期间碰见过雨天。性格腼腆的他得没完没了地穿堂入室，经过婚礼、宴会、密谋、赌博……打扰人家的生活而不必道歉。毕竟出现是为了消失，他以收费员的身份定期出现。有时得经过卧室，他的目光会下意识地避开穿睡衣的说些不怎么清醒的话语的女人，在写发票花掉的时间里他一直脸红。盯着可能正在缓慢增长的洋码数字，会发现它是另一形态的时钟，以不同形式记录逝去的时光。

他把在公诉人席上写的发票撕掉了，水表的数字停在9999，经历多年后已经不能增长了，他没有想过数值会有尽头。真想将水表卸下，为其举行一个只有一人参加的小型葬礼，实在值得纪念呢，他第一次见到这种状况。

走出门时肖马将脸转向老人，走廊上多了一个玩滑板的小孩，他毫无表情地说："看见了，如你所说，断了尾巴的黑猫。"远处公共汽车驶来，本来法庭迁走之后就不再从这里经过的，车内除了司机外没有其他人。阳光渗入车窗形成福尔马林的颜色，所有的玻璃都是完整的，这无疑是个午后。

"哦，那就好，谢谢了。"老人礼貌性地回答了他。公共汽车在前面等什么似的稍微停了一下，一个矿泉水瓶在车门自动开启时滚出，仿佛是被一只隐形的穿高跟鞋的脚踢了一下。肖马欲言又止，想做什么又忍住了，看看汽车又看看天空中一只断了线的风筝，于是他裤袋里的手放开原本握紧的两枚硬币，司机习惯性地关上车门向下一站驶去，那辆车不属于这个世界，肖马选择是否上车的同时，也选择了自己是否继续属于这个不完美的世界。

"本来不想找什么猫的，没有这方面的爱好，但又不好意思等它来找我。那就成了捉迷藏了。"肖马说，同时数了数往下的台阶，现在上面落着一只即将飞走的鸟。一共二十九级，比三十九级台阶少了许多。

九　月

白昼过于漫长了，产生这种想法时自然渴求着睡眠，但是不能睡下，因为这里是白天。那不仅作为时间概念也作为空间概念，困扰着疲惫的旅人，在这树木长绿的季节 —— 那些红叶默默地不引人注意地飘落，宛若不明显的褪色。所谓长青不过是新生与死亡同时进行罢了。

在山林间，单车道的水泥公路弯弯曲曲，原本是通向深山的古寺，不过古寺已经没有了，连一口铜钵的残片也没有。在那片竹林中侠客没有，盗贼也没有，很久以前往寺庙运送避雷针的货车失事的地方，已被代表荒芜的野草吞噬了，这个过程犹如巨型枪乌贼将汽船拖入海底般缓慢。

肖马想要睡觉，这来自体内的倦意并没有使他放弃等待，他依旧在意着一个方向，而忽略其他，似乎偏心可以导致某种突然。他那电动剃须刀大小的手机播放着二十世纪八十年代的歌曲《路灯下的小姑娘》，这样当突发事件来临时，他可以平静地承认自己并不意外。其实在这里，即便是意外也只有一条路可以走，那就是肖马正走的路面已经有几处凹陷的单车道，那上面发生了一起被肖马看见的车祸。

也许在世界终结前车祸现场都会得到保持，不会在这鲜有人经过的马路上拉起警戒线。四周的寂静不时为鸟鸣打破，一切不禁让人疑虑，当无可避免的秋季到来，混凝土筑成的单车道是否会为落叶所掩埋。那样戴摩托车头盔、穿尼龙雨衣的死者势必会被从地面抹去形象，从刑事角度来看，他距离自己那变形的摩托车十米，看来受到了相当有力度、有技巧的碰撞。很明显他已经拐过了马蹄铁形的转弯，可对方没有，导致其死亡的也许是辆半旧不新的大众汽车。从法医学角度来看，这起意外的受害者不可能饮酒过量、吸毒或疲劳驾驶，因为尸体只剩下几乎镂空的骨骸，解剖得不到任何结果。事情已经发生很久了，肖马出现时，除了时间外没有任何改变。死者、摩托车、肖马形成了一个确定的三角，为了表示哀悼，肖马咀嚼起很久不咀嚼的树叶。

他认为不适合写什么事故报告，起码不该由自己写。手中既没有 2B 铅笔也没有记事本——如果有记事本他宁愿噬纸而非树叶。何况目前并非适合写作的午后。象征颓废的夕阳滑过连绵的似乎没有尽头的树林顶端。这种季节天黑得很晚。事故现场就这样保持了多少个下雨的不下雨的日夜？而奇怪的是，肖马刚才拨打的电话是 120 而非 110，他叫他们派一辆救护车来。在要求他们带上氧气设备后，他挂掉电话，听着音乐等待救护车出现。

如果救护车出现的话，情况该是这样的，将死者抬上担架时肖马强调："喂喂，注意一点，好歹别让他散架好不好，重新拼回去是很困难的……"而要戴上呼吸器是一个麻烦，毕竟鼻孔已经那样凹陷，下颌也脱落了。医生看着已经没有眼球的眼窝，实在没办法判断他的瞳孔放大了没有。心脏起搏器如何使用也是一个麻烦……

总之是相当热闹的场景，毕竟现在肖马相当孤单，此刻他坐在失去了前轮的摩托车上。目光一次又一次瞄向路的尽头，想从无尽的期待里索取什么，然而什么也得不到。肖马脑海中开始浮现出回家的概念，不知从何时起，他一直在等待，置身于一个镜头就能捕获全景的场地，一次又一次徒劳地做什么。他并不清楚自己的那一通电话被值班护士判定为恶作剧，虽然这是个玩笑可他是以相当认真的态度开的。他想要挑选可以捎自己驶离的车辆，但实际上不能。

目前播放的音乐是《美丽的西部森林》。不知为何上空不见蜻蜓飞行，过早出现的萤火虫的点点光芒在日落之前微不足道，肖马咬起手指甲："我一直在等车来，一直，也许已经错过，也许还没有到来。

"那么，我就一直等下去好了。并非直至地老天荒，只要一辆车能像捎走一封信一样带走我，哪怕半路撕碎抛向湛蓝的天空也无所谓。我必须开始崭新的人生。"

黑 箱

—— 如果此时过于迷恋回音的话

午夜，来自大熊星座方向的异物擦亮了天空，宛若一根点燃的火柴，短暂地刺激了一下失眠者的心脏。此起彼伏的睡眠结束前这不会引起轰动，肖马刚做完一个不可怕的噩梦，正准备继续下一个——关于中学女友的梦，从她在马路对面打招呼开始。他的手夹在两腿之间寻求安全感，就像一些人吮吸拇指睡觉一样。他看了一眼闹钟，近似梦呓地说："睡吧，一切等醒来再说，一切等醒来之后才开始，反正追忆往事最先遗漏的就是睡眠与梦。"

次日他依照顺序刷牙、系左脚鞋带、洗脸再系右脚鞋带，然后对镜子发呆直至嘴角的泡沫逐一破裂为止。在漫长的沉默期间完全无法发觉他活着，起伏的呼吸也无法证明这点，他缓缓地说："这是一个明亮的星期六早晨。"

每当发生了不幸他总是绕道而行——直到不得不面对不幸

为止，于是在无视击穿屋顶的异物几个钟头后，他在尽可能久地忽视意外之后，选择面对导致一部分混凝土支离破碎的事件。面对的方式取决于距离，他目测鼻梁与吊灯之间的直线距离后开始了迟到的反应——这犹如树木对伤口的反应，虽然不是在半个月以后却也是在错过一些事情之后，总之反应非常缓慢与迟钝，令人不禁怀疑他的生肖是蜗牛。

他慢腾腾地从卧室角落里搬出铝合金梯子架在客厅墙上，旁边挂着他的自画像，和本人一样平静，目光清澈，他是用4B铅笔花了半个小时完成的这幅素描。这下他才开始面对问题了，那个几乎穿透天花板的黑箱露出一角，它被固定在那儿，就像一个无法猜出点数的骰子那样静止着。地面遍布的混凝土碎块被无视，他以45度角观察那经过大气摩擦的油漆："莫非是失事飞机的黑匣子不成？里面收录了所有乘客的遗言？不，太大了，这个正方体的边长该有1米。"

星期五晚上或星期六凌晨，一个金属质地的箱子击穿了他家的屋顶并在二楼地板上留下凹陷。他损失了一盆墨西哥龙舌兰、一盏自己制作的吊灯、一把断了弦的吉他，然而他没有买陨石灾害的保险，他无奈地爬下梯子："要是个从天而降的保险柜多好，可惜只是外星人丢下的一件垃圾或者被高高抛起又重重落下的科学试验品，反正注定该我倒霉是吧。"

肖马不喜欢意外，那有如鞋内的小石子时时刻刻提醒他人生的平庸与无聊，每半个月一次地梳理往事时，那就像梳子上的断齿给人失落感。敲击时发出中空声响的黑箱让人联想到绵羊群里的黑羊，独特而显得怪异，注定在普通中显得非凡、在非凡中显得普通。他对待怪物如同对待正常人类一般，比如五条腿的猫或自闭症患者，他都可以与之侃侃而谈并邀请对方喝不含酒精的饮料，就三峡大坝的危害交换意见，尽管这些只是生活中偶然出现的插曲——出现只是为了一次浪漫的消失。

他的一生中注定会出现怪物，几率和出现几次婚礼及几次葬礼一样——都会对他的生活造成阴影。每次仪式留下的照片上，他都是一副疑惑的表情，在人群中显得郁郁寡欢，房间墙上不显眼的照片上，年幼的他身后是退潮后的沙滩及搁浅的鲸鱼。人们在它还活着时就以现代的工具开始了原始的肢解，看样子是座头鲸，皮肤已经脱水得有些开裂，他们只打算留下一副博物馆需要的骨架。他的表情充满疑惑，太阳帽檐下稚气的面庞透露出一丝好奇，毕竟那是第一次看见鲸鱼，那来自深海的哺乳动物，可惜分不清那些屠夫和鲸鱼谁是怪物。

"我是怪物。"每每想起骇人的鱼腥和一桶桶鲸油，及其上空盘旋的一群群苍蝇，他便一阵恶心地这样说道。从天而降的黑箱来得过于突然，现在他跑到二楼围绕箱子撒一圈石灰粉，进行警察保护犯罪现场不受破坏一般的仪式，这时他显示出侦探的才干，发现箱子上面有个直径 12 厘米的洞口，往里面可以看见表里如一的黑色，深邃得仿佛可以传出回音的洞穴。他向里面说："喂，出来——不管是鸽子还是蟒蛇，我讨厌魔术。如果你是一台制造梦与虚幻的机器，那么请你虚构一个令我相信的故事。我想知道你是什么，可以告诉我吗？不行的话我自己会去探索，方式可以是解剖、交谈、分析你的磁场与电波……"

　　沉默持续了半分钟之久……或者更久，然后被磁带般发声的黑箱打破，一阵倒带的沙沙声后，犹如准时放送节目的收音机一样，第一个声音开始播出，同时伴随哔哔啵啵的杂音："哦，你好吗？打扰的方式有些突然，在漫长的时间里你我的相遇说不上是什么幸运的事，只是偶然罢了。这样要求或许有些过分，我事先声明我不是推销电视节的广告商，我希望你去打开电视观看第一个广告，然后照它说的做，可以吗？毕竟以后我还会出现在别人家屋顶上，而你会出现在自己的坟墓里滋生车前草。这样就没有机会给你提无聊的建议了，我可是打发时间的能手，喂、喂……"

　　他家里没有电视、电脑、收音机或手机之类的产品，倒是有一台苏式1956版电报机，它和那个时代的苏联产品一样容易爆炸。他找来一根钢水管撬起黑箱，并不感到吃力，就像手持火铳猎杀一头北美野牛一样简单。纯粹的声波根本分不出是男是女，这台形状和电视机相似的机器冰冷而且缺乏生机，以孤独的路标的姿态放置在地面。他用水管敲了敲，之后伸入洞口，12厘米直径的洞口宛若骰子上的一点。伴随着尖锐的摩擦声，水管取出时的长度缩短了二分之一，管口留下了绞链刀削过的痕迹，他不屑地笑了："难道你是自动铅笔刀吗？任意地修改物质的形状，可不可以像削苹果皮那样漂亮？总之很高兴认识你，握个手如何，不要因为初次见面而害羞。"

　　毫无疑问，手臂伸入洞口那一刻他想到了削铅笔的情景，之后一只手握了他一下，准确地说是触碰了一下，那宛若纤细的百合——毫无疑问是异性的柔弱的手。将手抽出后，看着自己完好无缺的手指他脸红了："很高兴没有看见自己的骨骼或者静脉。"

第二个声音开始播放时他的心脏已经有了准备，这就像接受新闻联播切换到流行音乐频道。毕竟黑箱是个令人捉摸不定的固体，它似乎为他打开了一扇从《阿拉丁神灯》的童话跳往《长发公主》的童话的神奇窗户。这种感觉，类似于从跳板跃入水中时感到的密度差异、阳光折射与温度区别。

"哦，你喜欢蜂鸟吗？它那无可比拟的心跳比音乐动人，以牵牛花为鸟巢比以仙人掌为鸟巢好得多是吧。"从里面传出少女一边嚼口香糖一边说话的声音，仿佛收音机从新闻联播频道转到了流行音乐频道。他从冰箱里取出两罐可乐，继续听她说下去："现在是暑假吧，一个人在午后的街头骑自行车不断路过行道树，偶尔伸手摘下一片绿叶用于吹奏。即便所有冰箱打开都不会形成寒流的季节，没有人放风筝，但是时起时落的竹蜻蜓也足够引人注目。一个人——"

"我倒希冀是两个人，可是我已经毕业不会再过暑假了，从前我的夏天在游泳中度过，在水库里还可以搭救溺水者。的确，我无法将一个三围都是一米的家伙和女友联系起来，遗憾呢。"他喝了一口冰凉的可乐，品味二氧化碳，对箱子说，"请你喝可乐，透心凉呢。"

他将可乐罐递入洞口放下，没有金属落地的声音，只是一阵千真万确的失落。接下来是掀起拉环的声音，她说："谢啦，虽然不喜欢碳酸饮料。"

面对洞口，他想到了看不见售票员面颊的电影院窗口，以前由于年幼而够不到窗台，现在已经是够得到的年纪——可电影院已经由于亏损而关门。或者想到初中班干部选举时的投票箱，每次看着似乎深邃的洞口他都会投下一张对折过的白纸——通常他都会吻一下粘黏纸边。还可以联想到老式的自动果汁售卖机，他经常用有绳索牵引的一元硬币套取饮料喝，而新式机器可以防止这种行为。

黑箱似乎为他打开了通向往事的窗口，年轻却热衷于回忆说不上是好事，这意味着提前衰老。他问了一个愚蠢的问题："我会死吗？在也许漫长也许短暂的将来。"

"人皆有一死。"她说，"在那之前还有许许多多的时间得浪费掉呢。我挺中意你的，毕竟目前只有你可供我中意。对一切保持不屑态度的你为什么会对枝头的燕子是奇数还是偶数、穿短裙的女孩的脚趾……这些莫名其妙的东西感兴趣？我中意平凡的你表现出的非凡。"

"你给我造成了一盆龙舌兰、一盏吊灯、一把吉他的损失呢。可我没有买这方面的保险。"他说话时完全不带感情，没有半点开玩笑的意思。移开箱子后他可以透过地面的窟窿看见楼下，如果在每层的相同位置凿出洞穴将形成一口深井，从屋顶可以看见一楼地面。总之有利于室内采光，不过下雨时是另一回事，肯定让喜欢妄想的他感到头疼。他说："我可不可以认为黑箱如陨石般击中我这默默无闻的房子，导致闹钟从桌面略微弹起又落

下 ——是你爱上我的前奏。"

不出他的预料，她笑了，声音宛若陷入迷离的布谷鸟，让人绝对不相信这来自磁带、光盘、唱片，这只能来自将近十八岁的十七岁。他并没有觉得遭到了拒绝或嘲笑，很自然地将额头抵在箱面："我觉得你十八岁 ——至少十七岁，起码我这么认为。"

"那你就这么认为好喽，反正我不在乎，就像你不在乎自己即将年满二十，在他人眼中只是个可以抹去的名字。你听，当我们停止交谈时你的寓所一片寂静，在过去无论是黎明、午后还是深夜，只有你在不知不觉地破坏这种寂静。

"就像一次又一次突然地击碎玻璃，碎片如雪屑累积起来，直到你的孤独将房间改造成 33 摄氏度的冬天为止。"这种轻描淡写的语气，让精于素描的他在脑海里描绘出对方嘴唇的轮廓，他相信那样的杰作不需要口红。他说："我想你不需要口红，那样的一抹绯红绝对是赘笔，我学过画画才这么认为。"

"你自以为是，一心只想占有的话太任性了吧。你把我看作什么？不，应该是比喻作什么。"面对诘责他一如既往地保持平静，将嘴唇凑近洞口至呼吸消失于箱内的距离，犹如耳语般说道："你是厄科 ——回音。"

话音未落，他触及了一瞬间的急促呼吸后，自己的鼻翼仍旧残留着类似睡莲的羞涩气息。尚未来得及继续开口的他抿住双唇，上面残留着因为对方亲吻而留下的可乐味道，五秒钟后他才发现自己的呼吸停止了片刻，那短暂的一吻已经结束，他甚至怀疑那是否发生过。湿润带来的感动令其不知所措，从洞口往里窥探，箱内依旧空无一物，他几乎想起了昨天惊醒时，从钟表上看到的时刻是午夜两点整："如果接下来我的话语只是徒然的话，你在我心里造成的空缺注定可以愈合，还有你嘴唇的形状和我想的一样。"

沉默估计持续了比等公交车更为漫长的时间，黑箱依旧在室内占据一席之地。透过头顶的窟窿可以看到瓦蓝瓦蓝的天空是那样狭窄，飞鸟掠过显得过于仓促。以手为枕平躺着欣赏天空是非常愉快的吧，何况一旁还有罐喝剩的可乐，然而肖马还是起身以听力奇佳的右耳伏在洞口，就像听海螺一般倾听，他渴望除了单调的风声外一无所获，不希望听到关于失落的足音。

可是里面似乎存在看不见的死角，也许透明中隐藏了精密的外星人机械，它采集了这个星球的信息——如同一部死文字写就的百科全书。渐渐地，耳畔的风变得迷宫般复杂，犹如一架自动钢琴充满变奏，耳蜗想从中辨别出一对轻盈的足音。

恍若深陷在图书馆构成的迷宫中，垒砌的书本成了隔绝彼此的屏风，在其间追踪对方，每每接近得可以闻见对方气息才发现已经走入了死路。若干条打过蜡的走廊上，走过时总认为自己或她来过，仅凭声音想要推理出无果的爱情是一种任意妄为。无论怎样仔细聆听，四方的空间也不会告诉他一个满意的结果——一个十七岁或十八岁的少女的声音。

"看来我失恋了啊，确切地说是被甩了呢。"他这样挖苦自己。

接下来是第三个声音，这意味着她消失了，消失在他脑海中虚构的白桦林中，没有回音，有的只是一丝令人困惑的浪漫。他想黑箱也许是一面形而上的镜子，反映出自己扭曲、变形后的内心世界，表现出自己的困惑、欲望、天真……

黑箱这个贮存各种声音、情感的正方体开始播放新的声音了，先是丝丝拉拉的可以用破折号概括的拖长声，紧接着是一段莫名其妙的音乐，在经历片刻的停顿后缓缓发出声音："你肯定很奇怪，然而很抱歉你不得不接受这样的现实，即由我来负责对你的审判与制裁，终审宣判不必拖到世界末日。

"事先说明我没有身穿黑衣，我是塌鼻梁而非鹰钩鼻，不要单凭臆测就形成对我的判断与偏见，这样很不好。"话语中性而严肃，富于想象力的他只能联想到海边涨潮时会被浸没的墓碑。他说："你有很严重的后鼻音。"

"姓名。"对方直切主题，两人进行着风马牛不相及的对话。

肖马有些顽皮地说："不想告诉你，怎么办？撒一个谎好吗，一个不伤害人的善意谎言，比如其实我是国家领导人的第四亿六千万零八百一十六顺位继承人。"

"出生年月及住址。"对方略一停顿，接着说，"算了，这个问题我自己都觉得无聊，那么，你是从什么时候开始发现自己孤身一人的？"肖马想，一方假装自己在受审另一方假装自己在进行审判，那么二者可以心照不宣地假装世界充满正义，他说："在出生的时候，第一次睁开眼睛就发现自己有了意识，看见了许许多多的人出现，也看见了许许多多的人离开。最终的结果都是留下我一个人。"

"请把右手伸出来，放松，就当是打预防针一样。"他挽起袖口，将手伸入洞口，结果里面传出声音："都说了是右手了，你左右不分吗？"

"我是个左撇子，而且如果是打预防针的话，我无法轻松的。"他换成右手，此时此刻的情景让他觉得恐惧，以前他一次又一次看医生，任由葡萄糖和抗生素通过输液管流入体内，身体会发冷而口渴会得到缓解。现在他感觉到了针头刺入静脉的寒意，开始疑心这个黑箱是不是潘多拉的盒子，而且是没有关上的一直在释放幽灵的盒子。是时候计划清理房间了，可以暂时用泡沫板填补天花板的窟窿，或者干脆把它改造成天窗。

至于这个金属箱子，他打算用于饲养蜜蜂，或者用于饲养送信的鸽子，实在不行养金鱼也行，反正不能用于与梦想有关的事情。毕竟他只打算把这个上午当成人生的一段插曲，一段可有可无的插曲。

"那么你必须如实回答我的问题，明白吗？欺骗者会被芬格尔狼吞噬右臂，毕竟你被指控有罪。说吧，你最害怕的刑罚是什么？"

"被判处永生，在终日无聊中等来时间终结。"他若有所思地叙述时额头倾向一侧，室外起风了，他似乎为了呼应这点插了句题外话，"我害怕无聊。你的任务是毁灭我吗？某种意义上的，比如像拆掉玩具的全部螺丝钉那样拆掉我的自尊。"声音以黑色幽默的口吻回答："只是破坏，仅仅卸下锂电池的程度而已，也就是让你觉得羞愧。请告诉我昨天晚上在两个梦之间的片刻，你的手夹在两腿之间时你所看到的时刻是几点钟？想一想时针、分针、秒针构成了几个角度，几个三角形？"

"想不起来了。"他说，"作为贮存各种回音的容器，你比玻璃、陶器、瓷器或金属更加纯粹，做个交易如何？若我对你说谎便吞噬我的右臂，若你对我说谎就让我取走你的心脏。虽然并不确定你有心跳。"

"可以。"那个声音不假思索地回答，二者押下了自己的赌注后本应该抛起硬币凭运气判断输赢，但这注定是没有输赢的比赛，"你患有鼻炎吗？"

"慢性鼻窦炎。我应该称呼你为'你'还是'你们'呢？"

"我是'我'，不是'我们'，明白吗？最后一个问题，你把我当成什么？"声音有了情绪的波动。肖马略含微笑："总之不是恋人，毕竟你给人的印象是道貌岸然黑衣法官，长着鹰钩鼻子——开个玩笑。我认为你是保存尸体的水晶棺，一种最为狭窄的密室，可以保存我的死亡——跟你保存一段旋律一样——不仅仅是不朽，而且可以保证洁癖者梦寐以求的永远干净。你比收音机更加理解人类，确切地说是理解我这个不愿长大的成年人。

"顺带一提，尽管我们在今天上午初次相逢——我在你心中又是什么？"

"你在我看来显得过分忧伤与幼稚，我们的相遇甚至不算偶然，只是一起类似车祸的事故，毕竟今后我还会出现在别人的屋顶上。"最后一句话播出时法官的声音消失了，第二个声音——她的声音，那个年轻异性的声音重新出现了："要知道如果黑箱在你睡觉的时候穿透屋顶砸中你的床铺，那么发生在这个阳光清澈的上午的——将不是一场邂逅，而是一场谋杀。"

　　寂静无法持续太久，被狼的上下颌咬去手臂前肖马体验了把握娇小心脏的感觉，那颗心脏的跳动一下比一下缓慢，然后他失去了右臂。感觉比秋叶落下还要干脆，他想要包扎，不然会死于失血过多："黑箱是反耀世界的镜子，世界怎样对待它，它就怎样对待我，世界的影像透过这个小孔投影在我身上。的确，最后一个问题我撒谎了，可你不也一样吗？"

　　对他而言黑箱是什么其实已经不重要了，即便它是射向心脏的合金子弹，和它的相遇也不过是致命的一瞬，在那之前与之后有过于长久的空白与迷茫，对于生或对于死。他发誓，他将把黑箱改造为一艘船，无论是外在还是内在都符合草图的无帆小舟。

　　从始至终我和你都是沉默的，以免在这里出现自己的回音。

　　在这个互相欺骗的双重谎言中他们两者交换了致命的伤口——失去心跳或流失血液，尽管大家都会以自己的方式活下去，直至某个无法预料的时刻。

结婚者步行归乡

—— 即使他不愿意

漂浮、寂静、颠倒的踩高跷者、舞蹈、乌云飘向蓝天彼端、短暂、仓促、漫长的一天、楼阁、两人合影、喧哗、2010届毕业生、性行为、离婚、幸福、当亲朋祝贺时、花园后的小径、潮湿、抑郁、氢气球在停顿、以后、刺耳、崭新的摩托车、手指……即便仅仅是路过路灯下的转角时，偶然看见了地面积水中自己的影子，肖马的脑海也会流过许多只出现一瞬间的词语，他认为那无意义。在这偏僻的灯箱旁，他踩着在潮湿中熄灭的烟蒂，模仿着电影中最酷的姿势做吸烟的假动作。这期间，一辆他本该搭上的公共汽车停下片刻又开走了。反正雨刚刚结束，摇晃任意一棵树木都会落下密集的水滴，下一场雨还没有那么快到来。

肖马继续徒步的旅途，这开始于今天清晨，预计结束于明天正午。此刻他心中洋溢着类似幸福的情感，直至他为莫名的悲伤袭扰之前他会一直愉快。他拾起一颗西瓜弹珠，它在前不见边际的柏油路上非常耀眼，透过这颗圆形的玻璃珠观看扭曲变形的风景时，他说："间接、清澈、梦、原谅别人、婚礼、弧形、燕子、玻璃鱼缸、水中刀、彩虹的尽头、古屋深处的楼梯木板、我的心、狗尾巴草……"

伫立于路旁，毫无顾忌地自言自语，反正这里既听不见回音也鲜有路人，独自旅行最大的好处是什么时候停下都可以，什么时刻出发都可以，只要自己乐意。肖马的左手拎着一个手提箱，里面装了一套塑料袋包裹的崭新西装，那是他的新郎礼服——他即将年满二十岁，高中毕业已经两年。向自己工作的林业局请假后他选择了不可思议的方式回家——徒步归乡，这意味着每隔两小时都会有一辆驶往他家乡的公共汽车路过他。他甚至从其中一辆车上看到了几个为他准备婚礼者的身影。

他并不知道自己做的事情有何意义，如果单纯地解释为无聊的话，那么他应该尽早回家置身于亲人那令人窒息的关切中，没有比那更无聊的了。明天他会刚好地出现，一点儿也不提前，热衷于分秒不差的他最害怕等待迟到的东西——无论是汽车、人还是死亡。徘徊于一个场所，像钟摆一样来回的滋味在童年就受够了，但是在婚礼上他肯定会像钟摆一样重复某些单调的事。结婚是一种成年礼。

今天清晨他细心地削好一支铅笔后起程，去参加自己的婚礼。那是他削好的第二支铅笔，没有下一支了，铅屑被吹起然后又落下的过程中，除了某处的胶布从石灰皮上略微脱落外，室外窗台上的青苔似乎发出了新芽，在短暂的瞬间，这是肉眼无法确定的事情。肖马对待变化缺乏敏感。毕竟在暂时寂静的室内再没有比他更不可预料的事物了，谁知道冷静口吻下掩饰的冲动何时发生呢？从行为上来说，大概任何眼睛——无论是哪一种生物的——都会将他与冷血动物联想起来。即便肖马的瞳孔长期透露出一丝忧郁，他却察觉不到，只是路过镜子看到自己的眼睛的同时也会看到反射向自己的寒意。

他是将包括铅笔在内的各种笔在台灯下排列好才出发的。长短、型号、粗细不同的笔排列好后，所有的笔尖构成了一道弧线，它们有着不同的用途。他并非笔的收集者，拥有它们的目的之一是向不太识字的同事炫耀，从事护林员这枯燥乏味的工作有如把本来就自闭的他进一步封闭起来，但他从未埋怨过什么，画画、吹口风琴、阅读……他有充足的时间用于消遣。尽管他憧憬过逮捕偷猎的农民，协助消防员和民兵扑灭山火，找到第五次反围剿时深山里的战场……可他一样也没有做到过，不是因为缺乏机会，而是因为软弱。他还是觉得进行自己颇有自信的绘画没有任何风险，虽然他对绘画的天赋只展现在小学时期。

刚刚出发时他故意擦过路旁的树枝，肩膀被露水沾湿后，他有些得意地吹起《波基上校进行曲》的口哨。

今天是农历三月初三，当地的送神日，肖马并不在意这一点，就像他对老式屋檐的斗拱以及那上面悬挂的铜铃一样感到无所谓。毕竟是二十一世纪的第二个十年了，他见过太多电线被架设到偏远之地，当自己穿过貌似从未有人涉足的丛林时，总是一次又一次失望地看到矿泉水瓶、曲奇饼包装袋、停止转动的手表、在夜晚发出磷光的颅骨……的确，他已经确定世界上不存在隐秘的未知，由于不做梦，过于真实的生活导致他不能承受爱或恨。一个未满二十岁的年轻人每天准时穿上山地鞋去检查银杏树有没有被盗伐，不断做动物才喜欢做的记号，这样的生活似乎重复证明了一件事——他是个无聊的人。

昔日他搭车回家，在静止的等待中透过半开的车窗，总可以看到吸引起他注意的哭脸或笑脸。不会知道公共汽车何时驶过桥梁，从那样的角度所有的旅客都犯了一个错误——只注意到了一个方向的风景。肖马从未纠正这一点，他喜欢观看不可挽回的时光流逝，在这个梨花盛开的季节里他屡屡违反安全法则从车窗伸出手臂，然而却没有一次抓住过飘落的花瓣。是啊，白色的花瓣自顶端坠向底部，而他却从这里移向那里。他是无力改变花的意志的。一次他的手掌伸出窗外，夕阳正经由五指过滤出他喜欢的阳光形状，一辆摩托车驶过，他竟从坐在后座的女生那儿拔下了淡紫色的发夹，事情发生得过于仓促以至于他怀疑指间掠过发丝的感触是否真实。毕竟那个女生的头发确实已经散开，在风中飘荡的发丝显得不羁而漂亮，他说不出话来，目视那个他甚至没有看清面颊的女生的背影远去是件遗憾的事情。于是他将手掌贴在外面的玻璃上，发出像充满褶皱的巧克力糖纸那样的声响。

对他而言，搭车相对步行最特别的是从车上往外看容易与美好的事物相逢，比如钉了许多十字架般的木架的葡萄园，不过相逢即是离别。让人感到遗憾的事情连续出现，原本疏远的彼此得以相互接近，虽然短暂，但从一次失望到另一次失望，从一次感动到另一次感动的距离确实更加接近。他什么也不需要解释，只要沉默就足够了。

那样一来，林管站与家之间相隔丘陵、城镇、农田的距离就并非以公里来衡量，而是以浏览完《了不起的盖茨比》、和邻座不断攀谈、喝光一瓶已经解冻的冰镇汽水这些琐事来衡量的了。而眼下肖马知道——他的家在破旧的祠堂、公路的转弯口、清明时由于扫墓而引发过火灾的山峰——这些接连不断的障碍物后面。他改用右手拎手提箱，叹了一口气说："飞机，在天空飞的双翼飞机。"

若从白云之下的飞机上鸟瞰大地，肖马首先想到的肯定不是壮观，而是可以画一根虚构的直线将林管站与自己的家连接起来，似乎两者之间不存在地理上的障碍，唯一的障碍只存在于他的内心。如果现在让他搭上飞行高度一百五十米的飞机，那种犹豫可能导致他亲手折断机翼——用任何可能的方式。即便没有降落伞也在所不惜。

然而在地面上的他的犹豫方式只能是原地徘徊，反复在去年的落叶上留下看不见的脚印。这个偏僻的县城上空不时会有飞机掠过，发出使空气震颤的剧烈噪声，那些都是军队的飞机，没完没了地演习从未打动过他，让他产生参军的想法。令他印象最深的一次，是他从三楼教室看到——一架崭新的枭龙战机上飞行员白色的头盔。距离太近了，以至于他想从窗户跳下，在那蔚蓝的天色里进行一次飞行。当然从未因为冲动付诸过行动的他没有那样做，仅仅是突兀地站起，然后在同学们不解的目光中坐下。期间，物理老师拍死了一只蚊子。

今天是农历三月初三送神日，潮湿的空气里，那列队伍横穿过车辆稀少的马路。最前面的老汉每隔一会儿敲一次锣，他们都绾起了裤腿，毕竟之后还有很长的山路要走。他们或许是肖马旅途的一段插曲，不像在乘车时道路旁的电线杆那样容易让人忘记，犹如日本妇女发髻上的木梳一样，让人印象深刻。在马路中央，肖马站立着，尽管有些忸怩，但姿势还是非常坚定，他们有说有笑地路过他，就像走过没有观众欣赏的舞台，虽然不会有红色的大幕落下。

每年这天当地人都会把已经在一个地方享受了一年供奉的菩萨、真君、山神迁到另一个地方，至于理由——这种事情最不需要理由了。反正总共两个庙，从这里移到那里再移到这里，犹如倒转沙漏一样循环往复。他们抬着几顶小型轿子，从肖马的角度看去，上面是胡须有些夸张的铜制雕像，它们沉默、它们平时不被人想起、它们任由人摆布，肖马说："我真像它们，尤其是那个关公，你们应该准备一顶供奉我的轿子的。"

几个小孩分别抱着一只神龛，这些木匣都被香火熏黑了，小孩不像大人那么郑重其事，其中一个在嬉闹中还撞上了肖马，没有道歉就离开了。小时候肖马从不敢一个人去庙里，因为觉得那里的一切都狰狞恐怖，那些神像必须仰视的高度显得非常冷酷。那里的看守老头怕小孩偷吃供品，往往摆出一副冷峻的面孔赶他们出去。他记得自己从有回音的大堂往外跑时被过高的门槛绊倒，后面传来看守骂骂咧咧的训斥。

　　一个男人看了一眼不让路的肖马，他手里拎着一把柴刀，估计是用于上山时砍去挡路的枝条与茅草的。此刻肖马觉得，那目光里透露出一丝渴望，对方想砍去挡路的自己。于是他继续前行，他原本就与他们方向不同，不知道往西边去的他们会不会觉得天黑的时间推迟了。

　　他走过禁止载重十吨以上的车辆通行的桥梁，平静的河流上其实有两座桥梁并列，不过另一座已经废弃多年，被铁丝网阻隔了去路。走在崭新的混凝土桥面上，肖马的手只要伸出栏杆半米就可以摘下另一座桥上的蒲公英，那石块砌起的拱桥上，植物已经遍布每一处缝隙，宛若那是空中花园的延伸。而他需要的似乎是一只可以将自己从这边拉往那边的手，因此当他伸出手时握住了没有回音的失落感。他在一个拱洞下停留了十五分钟，因为一场十五分钟的雨，他站在阴影下面仰视穹顶，在那上面是封闭的高速公路。在他看来架设于空中的高速公路完全是一头巨型水泥怪物。或许是幻听吧，当他聆听雨声时，听到了上面坦克驶过的颤动。路过木料场时他发现这不仅是一堆潮湿得长蘑菇的木头，在从墙壁上卸下的窗框、过时的雕花木床、被拆成零件的打谷机后面，他看见了一口没有人睡的橡木棺材。土葬制度在解放后不久就被废除了，可他还是想要尝试着睡在里面，哪怕一个晚上也好。

　　似乎肖马可以选择与季节无关的风景，在遍布大地的植被中他有如一株会走动的植物，沉默木讷，尽管没有阳光也还是喜欢向阳的一面。可以在柏油路面、草地、屋檐下奔跑或驻足停留，无论下雨或不下雨。然而他就像从失事飞机上坠落的人，没有降落伞，他的每次止步都无异于在做自由落体运动时抓住一只彩色的氢气球、一簇乌云、一个脱线的京剧脸谱风筝，最终他还是会无可避免地坠往一个地方——自己的婚礼。

新娘是电子厂的女工，比他大三个月。他对她的面容并无挑剔，对方一米六左右的身高，面颊略胖，每次笑起都会凸出一点赘肉。她不久前剪过一次头发，估计要半年才能长到他心仪的长度，两人总共约会不到十次。第一次相亲时他对她数自己身上的伤痕——喏，从右耳垂到右手腕的轻微痕迹是十八岁骑摩托车时摔伤的，当时我还带了一个同学；而左脚大脚趾的一条疤是我爸锯木头时割伤的，他从不道歉，只是给我买了一顶有风扇的小太阳帽；而手指上的圆点斑，是我的同桌借我的手练习小刀在指隙间跳跃的游戏，结果自然……

那时肖马的母亲就在身旁，不停地给他各种暗示，他讨厌这点，不过没有直接反对这种过时的做法。当母亲和她都笑得露出不算美观的牙齿的那一刻，他几乎要捏碎手中的茶杯。之前他暗恋过其他班的女生。不过没有恋爱过，哪怕一次表白也没有过。接下来两人的约会里他知道了她购物时的粗俗、过强的占有欲，她从不阅读西方小说、从不思考哲学问题，但令他意外的是，她喜欢德彪西的音乐，真的，从一开始他就预感到跟她在一起的结局——未必快乐也未必悲哀。当母亲建议他结婚时他看到了生于六十年代的母亲与生于九十年代的自己的区别，他不爱对方也不讨厌对方，于是答应了。那发生在早春清晨的六点半，他刚好用废纸折叠出一只纸鹤的时候，起码他自己找不到反对的理由。

只是有一点，他将一种期待深埋心底，他希望她在晚年先于自己死去。

这种愿望是那样的天真。就像他曾经相信过将一只蚱蜢浸于水中它会变成一把万能钥匙一样，他对于自己是否真正成年感到不自信。他在马路旁临近一所学校的小卖部买了面包和矿泉水当午饭，倚靠围墙吃东西的结果是落在地面的面包屑吸引来了红蚂蚁，只要不是白蚁肖马不会在意的，相反他很乐意饲养这种不挑食、不生病、不撒娇的宠物。而讨厌白蚁是害怕它们像噬空树木般将自己噬成空心的外壳。今天他不仅要在露天的路边步行、吃饭、说话，也要在露天的路边睡觉，以黑色的手提箱为枕。

也许是偶然，也许是必然，在过去的将近二十年里肯定发生过同样让他感到阴郁潮湿、想要咀嚼沾染雨露的树叶的冲动的事情，只不过由于困惑而一时想不起来了而已。他正在试图一口气喝干矿泉水，学校里传来广播铃声，他记得是一部偶像剧的主题曲，他看过而又不感兴趣的爱情故事。一张张记忆的剪纸重叠在一起，他找不出自己想要的一张，一时想不起女主角的名字。

学生们骚动不安地出现了，一如肖马预料的场景，毕竟他也曾经是学生。地面太潮湿，纸片一旦落下就再也飘不起来。

因为早上下雨的缘故，许多学生都带了收拢的雨伞，这所初中的围墙低得踮起脚就能看见里面，尤其是旗杆上那面有些褪色的国旗。有多久没有在升旗仪式上行注目礼了？一时想不起来了，感到愤怒的肖马的手掌擦过墙面，沾上了红漆，毕竟围墙是天然的广告版面。以前他几乎是操场上唯一认真行注目礼的人，在还是少先队员的时候行礼姿势就训练得很标准了。说真的，他现在非常想冒充一次学生混迹于人群，去大喊大叫，去高高抛起书本再准确接住。

咽下最后一口面包后，他在校门口徘徊，仿佛在等某个人，喧哗与骚动有如花粉进行着看不见的渗透，他想乘机混入学校又害怕被当成社会闲杂人员给赶出来。拥挤的人群中夹杂着几辆自行车，其实这种状况下不仅脚印会重叠，声音也会重叠，大家都在耳语，这里的喧嚣犹如野蜂围绕着由六边形组成的巢穴飞舞一般。在色彩斑斓的人流中他发现了闪光的一点，这类似于偶然的灵感，但他出于习惯，犹豫了片刻。当下定决心寻找时，竟一时想不起自己被什么打动。他看见不应该出现在初中的红领巾，被女生反穿并绘上动漫人物的黑白两色校服——她需要男生从背后帮她拉上拉链，一个摘下墨镜后转而戴上黑框眼镜的学生……由于懊恼无法辨别出自己的感动、憎恨、厌倦、热衷——他不确定对那些景象抱有何种情感，他就像肚子痛那样蹲下来，别人的裤边不时擦过他的耳边。

起起落落的脚踵、颇为壮观的雨伞铁尖数次几乎要划破他的面颊，雨后许多事物沉淀下来，在连贯的踏响一个新季节的足音里，许多人显得从容不迫。对于肖马而言，结婚的重要性已让位于在路上度过平静的时光。他重新站立时面对前方显得非常自信，他的行进同时也是接连不断地告别，他没有意识到自己在离开一个又一个可能发生爱情的场所，而目的地却是虚构的两个人的家。他觉得有什么重要的东西落在了林管站，不是铅笔，不是眼药水，不是螳螂标本。他已经无法忍受今天再一次一时想不起事情的窘迫，那无异于打碎他的自尊。他以食指抵住太阳穴绞尽脑汁地追忆，明明昨天晚上是准备好一切后入眠的，难道是清晨醒来前有原本准备偷梦的妖精因为他不做梦而偷走了别的什么？

随着广播音乐再一次响起，周围的人群已经很稀疏了，现在不必再担心被同化而应该担心被孤立。真应该羡慕那些学生回家的路程如此之短，做过学生的肖马明白那距离近到让人感觉从未离家。也许奔跑能改变什么，因为工作的原因他体力很好，他开始了漫长的奔跑，一路上听着自己的呼吸，看着眼前摇晃的景象，直到看不见回家的学生才逐渐慢下来。这样的长跑自然赢不来任何奖牌，可他仍然以胜利者的姿态躺在马路上，心脏跳动的声音似乎传到了地下，他终于想起自己落下了什么重要的东西。他的脸贴着地面斜向一边，从怪异的视角审视那条通向山谷的马路，那里面是昔日的死刑场，时至今日已经没有了把守的哨兵。

如果有的话，肖马会接近到对方举枪警告的距离，一脸无辜地举起两手说："我并没有恶意 —— 只是我想起了今天清晨遗失的一件东西，那就是对于结婚的热情。"

然而没有，眼前有的只是无助的荒凉感以及一个推自行车的路人，每改变一下角度似乎都会产生一种错觉，仿佛地面的植物无止境地流向天空，个人的渺小完全可以用蒲公英种子来形容。没有任何守卫让肖马感到不自然，因为没有谁阻止自己在这里为所欲为了，在死刑场其实除了等待以外没有其他的事情可以做——等待自己或别人的死亡。

当这个场所被废弃，留在原地的不是非自然死亡的幽灵而是一直存在的空旷，这加剧了路人的孤独感，可他们想到的往往是请和尚做场法事超度因为革命、因为杀人、因为莫名其妙的原因而死的人的鬼魂。肖马觉得若真有鬼魂的话，他们肯定比自己更眷恋尘世，当然自己并不厌倦生，只是不那么反感死罢了。

十五年前这个县的死刑就从枪毙改为毒药注射了，这也是时代的进步吧，因此在医院可以偶尔听到手铐与脚镣在穿过走廊时发出的当啷、当啷的声响。肖马没有遇到过，尽管他高中时由于肝炎而经常去县城的人民医院，当同学向自己夸耀曾亲眼见到一个穿着蓝白相间的囚衣的家伙，一个死刑犯，作为生者走进注射室，然后作为死者被安置在病床上推出来时，肖马觉得有些遗憾。天空中乌云的尽头在很远的地方，那里一定看得见太阳，这对厌倦阴雨天的人来说很有吸引力。毕竟潮湿会引发人体内水的共鸣，使人不再平静，不再不愿面对自己的内心。

肖马一度被死刑场吸引。眼前分岔出两个选择，两条道路，并非一边通往新生一边通往死亡，那太绝对了，眼前只有寂静——声音还在很远的地方。芒草被风吹得摇晃，他也一度犹豫地止步于樟树下，既然不对什么抱有期待也就不必害怕失望，无论路的尽头是等待自己的刽子手或是新娘他都能够接受，幸福或不幸对他而言显得次要，他的一切以不让自己感到时间的压抑，能游泳般轻逸地漂往人生彼岸为优先。为此他憎恨有刻度的时钟，他喜欢用钉子击穿表盘，造成时间被破坏的假象。

在擦拭手提箱上沾上的水渍后，他选择继续回乡的路程，理由之一是——那条几乎被杂草淹没的小路尽头，已经没有喜欢吸烟的刽子手了。一路上没有同行者也就无话可说，他害怕自己会变得说不出话来，像路边膝盖高的土地公石像那样沉默。通常一个人独处时喜欢自言自语，尤其是旅行者穿过变幻的沙漠、寂静的雪野、极夜下的苔原时。他也是个旅行者，虽说不是冒险家，但走向自己的婚礼也是需要勇气的。前面那个推自行车的人越走越近，可以清楚地看见那辆自行车掉链子了，他是个精神矍铄的老人。在稍后的将来，年轻的与年老的将擦身而过。肖马缓缓说道："回音、逐渐扩大的涟漪、死蜻蜓、深处、葬礼上和婚礼上出现的黑西装、子弹穿透身体、地板、弹珠、沥青、掘墓人、竹林里、水、灰暗的天空、白色、自行车、衰老、曾经年轻、骨骼、电线上的燕子……"

从肖马的角度，即从一个侧面观看那个老人——他和其他许多老人一样，穿着不整齐的中山装，头戴没有五角星的军绿帽，不过鞋子却是一双假耐克。双方在宽阔的道路上相遇，不约而同地觉得道路狭窄——由于对方的关系。肖马面对老人走近时所想的是，如何努力记住一张陌生的脸孔，他的记性不好，总是在写一周报告时问同事日期，而同事总会提醒他已经问过一遍了。记忆中许许多多见过但忘了的面孔，有如一片片枯叶沉入水中一般变得无声而且透明。他仔细观察走近的老人，就像观察昆虫的结构一般，再明白不过了，他摸了一下鼻梁得出结论——衰老是不可避免的。

两人在无限延伸的道路上，像两只无目的滚动的橡胶轮胎，驱动他们的只能是意外。老人并非革命的——也就是经历战争的那一代人，他是憧憬革命——即憧憬战争的那一代人。不知道他听见了肖马的自言自语没有，其间他掉链的自行车不断发出噪音。死刑场的影响似乎不分年龄，它凭借年代久远、神秘、没有死因可以返回讲述死亡的感觉而赢得了人们的敬畏。老人停顿了一下，深邃的目光似乎穿透了一切障碍物直击行刑地。说真的那里其实非常简陋，绝没有奥斯维辛集中营那样齐全的设备，甚至没有像样的厕所——那只是一座简陋的泥瓦房，如今被藤蔓所覆盖。他的瞳孔闪烁着一种光芒——在老年眼睛是人唯一漂亮的地方，那不是出于感慨也不是出于激动，时间抹平了一切情绪，他回忆起以前在凌晨时对死囚开枪时子弹发出的闪光。他既不感到歉疚也不感到自得，仿佛一切理所当然，他只是一个退了休的死刑执行者，一个站在空旷场所都会显得渺小的人物。

在两人即将路过彼此时，老人的目光盯着肖马胸口心脏所在位置，仿佛看见了靶心。以前的场景历历在目，他不禁深呼吸起来，而肖马也意识到了什么，所以不停地检查自己的仪表，似乎即将开始什么仪式。两人都很紧张，如果以电影的镜头将两人并列的话，双方肯定显得格格不入，最终两人擦身而过后，老人抬起右手做扣扳机的手势，可肖马已经成为一个背影了。

老人想，如果使死刑在这里发生，那么他这个死刑执行者就可以因为杀人而被处以死刑，他有些期待站在与自己以前站的相反的位置。

肖马想，如果死刑在这里发生，自己的婚礼就可以改为葬礼，那他就不必穿上手提箱中有些不合身的黑色礼服了。

疲惫以后继续前行，天气时间景物就变得与自己无关了，肖马不再在乎那些他认为漂亮的事物，感官变得迟钝后，连三叶草与车前草也分辨不了，虽说没有文凭他也可以算半个植物学家，毕竟工作在森林之中。当他用手拈起一根青色的稻穗时才意识到无可挽回地，天已经黑了。自己处于阴影之中，仰起面孔或许会引起反光，前方新装的太阳能路灯有些亮有些不亮。

现在是晚春时节了，昨天是谷雨，尽管最近阴雨连绵可天气并不会冷。在厌倦了那些开远光灯的司机后他选择了睡眠，在路边公园凉亭的椅子上，他以手提箱为枕，闭上眼睛后的黑暗里也还残留着远光灯的色彩。又是一次无梦的睡眠。

次日清晨他自然是没有洗漱就起程了，距离自己的婚礼越来越近了，他本来以为会迟到的，现在恐怕会提前抵达了。

他异常平静地继续前进，身边没有伴奏，在可以看见家乡城镇的地方停下，一辆公共汽车驶过时溅起水花。和昨天一样的阴天呢，因为太相似的缘故他不太确定自己在哪一天。眼前是他童年少年青年时代所生活的小镇，那些镶了白色瓷砖的外墙在有阳光的日子里会发出刺眼的反光，这里也是他以后生活的地方吗？

他想起了以前的一场葬礼。

举办葬礼，在花圈没有排列好之前，还要等几天，才会有盛大的宴席。穿白色制服的乐队还没有请来，他们的金属乐器陈旧，音色也不好，而且在所有葬礼上奏的都是同一首曲子。那些不认识的人还没出现，根据习俗他们只要出席宴会就好了，不需要流泪也不需要送葬，相信在死者多的城市里这甚至能成为一种职业。天气一直很好，并没有受死亡的影响，那时是冬天，瓦蓝瓦蓝的天空下可以感受到略冷的阳光。

这些肖马都知道，可是在面对之前一点准备都没有，因为他不关心死亡。正在读五年级的他，脑中并没有死亡的确切轮廓，那天中午放学后他进入家中，发现客厅变得空荡荡的，只有坐在竹椅上的父亲以及盖着白布躺在木板上的祖父，也许是错觉，那一刻在他眼中二者有如静止的盆栽或塑像，与自己构成了完美的三角形，壁橱上点着两只白蜡烛，看上去不会很快燃尽，而通向厨房的窄门后没有声响，拖延不了更多的时间，他必须要对活着的父亲或者死去的祖父说些什么。

他忘记了，准确地说是不愿意回想起自己说了什么。

他清楚地记得父亲将自己往祖父尸体旁边推的感觉，像逆流而上的游泳，他出于本能地抗拒，空气中弥漫着一股曾经熟悉、不久后会变得陌生的气味——酒味。在这种情况他完成了三鞠躬的仪式，在天花板上的那只蜘蛛坠落了，当然还分泌出了一根悬挂自己的丝线。肖马注视着它，这是他第一次见识死亡，对于那对瞳仁，这类似于在某个清晨第一次见识下雪，在学校操场第一次见识体罚，在星期六晚上第一次见识别人偷窃……这无所谓悲欢。

之后的服丧期他穿着白鞋子，背后用别针别着一根拖到地面的白线，长袖上也别着黑纱。同学们不会嘲笑他，他也冷眼看别人的欢乐。真的，那段时间他一次也没有笑过。

他也想起了以前的一场婚礼。

那是一场西式婚礼。

许多车上贴了喜字，装饰了花花绿绿的装饰物。在租来的红毯边宾客们等得不耐烦了，肖马则比较着谁的皮鞋比较亮。红毯边摆设了一列花篮，一只哈巴狗在其间穿梭前行，毕竟这场婚礼没有明确拒绝动物参加。肖马谁也不认识，他的礼服是向表哥借的，因此整场婚礼他都在由于礼服不合身而整理袖口、领口、皮带……那时他十六岁，是热衷于幻想的年纪。

饥饿的客人们就像落在地面的乌鸦，新郎新娘的出现就是开始进食的信号。然而到了下午一点去接新娘的新郎还没有回来，脚步声起起落落，这群没有翅膀的家伙没有四散飞去，漫长的等待中肖马走来走去，他选择了沉默，不然他可以选择散布会导致散场的谣言的。那样他就有机会一个人等待新郎新娘到达。

两个花童手中捧着不新鲜的花卉，一直没有引来蜜蜂，小女孩跟小男孩的面孔洋溢着稚气，肖马看着他们想 —— 我也曾这样幼稚，但是旁边粗鲁的男人也曾这样幼稚。若是可以的话，肖马觉得等到他们手中白色花瓣一片片落尽也无妨，反正自己只是作为婚礼的背景出现的，无所谓时间地点，无所谓新郎新娘是谁。

当载着一对新人的轿车终于出现时，大家发自内心地欢呼，毕竟都已经厌倦了等待，一箱箱烟花齐放，从空中落下别出心裁的彩纸与小型降落伞，可以听见所有的皮鞋发出一致的声响——它们划出弧形指向新人。这是一个人为的节日，不过其实所有的法定节日也是如此，人们不愿意拆穿这一点罢了。轿车驶过时肖马拍了拍车窗，两人在车内显得拘谨地对他微笑，男女角度不同，不过都一样做作。肖马选择了发自内心的微笑，而不是告诉他们——自己似乎看见了他们爱情不幸的尽头。

也许阴天会持续到以后的许许多多日子。

在漫长的步行中肖马路过你也路过我，但那不重要。只要目光盯着天空就可以观看云向何方，现在肖马一步步地接近自己的婚礼，他不在乎天气，远处开始出现认识的面孔了，然而却没有谁拿着秒表为自己倒计时。他已经尽己所能地犹豫了。他徒步归乡只是徒劳地拒绝，终究还是无可避免地走向自己的内向、孤独、自卑、敏感所织出的蜘蛛网陷阱——婚礼之中。

此刻在他眼前，回忆中的婚礼与葬礼的景象发生了重叠，那竟是非常的吻合与一致，连肖马也无法区别犹如两片雪花重叠的印象。他只好无可奈何地说道："结束、白雪、有红白两套制服的乐队、悲伤、欢乐、铅笔刀、猫耳草、以相同的口吻说出的哀悼与祝福、橡胶轮胎、春天、星期五可以请假、缄默、仪式、红与黑、选择分岔的荒野小径、河畔与柳枝、晴空之下、潮湿的死亡、新生、婚礼与葬礼、我与别人、蓝色鱼缸、青苔、噩梦……"

灰白与寂静

——颇为残酷的青春已然悄悄发生

　　若视二十岁为结束的话，十九岁的肖马就要回顾刚开始又即将结束的一生了。他听过许多模棱两可，不是针对自己说的话语。"当你沉默的时候，你容忍了别人在灵魂中据有一席之地。"他复述，记住，然后忘记。

　　曾经有一位死者的儿子从他手中接过表格，骚着起秃的头："我有五个兄弟，三个妹妹和一个夭折的哥哥。"

　　"包括继母的儿子？"他问。

　　"我母亲是续弦。"死者的儿子表情仍旧木然，直接签好名字。

　　"唔，抱歉。"他谢绝死者的儿子递过来的香烟，给厂长打电话。他在火化场工作，职责是做记录等一系列琐事，也兼职打扫，维修设备，做看守，唔，还有搬尸体。厂长管焚化炉，除厂长以外还有一个人，这人曾长年在小城中卖中药，工资已经停了，但毕竟是国有企业，所以迟迟没有除名。

肖马从不做梦，每日清晨准时听自己盥洗的声音。因为热爱孤独这种状态，所以他选择这项大多数时候可以独来独往的工作。火化场四周是连绵的山林，一条道路上不时有车辆驶过打破这里的寂静。小而偏僻的火化场无足轻重，死者集中到这里然后离开，这里类似于一道窄门，对生怀有无限眷恋的人们簇拥而过，目的地却不在门后。骨灰不过是不必防腐的尸体。不爱说话的他容易习惯大家反感的生活。像其他地方一样，处理尸体不需要麻烦的仪式，哀悼是家属的事，肖马只需记录整理一份资料，让有关部门及时销毁户籍上的名字，无须备份。

然而他乐意对别人的尸体念念有词："他（她）以有影响的长辈的身份终其天年，施加给子女的痕迹难以磨灭，在儿子的儿子的记忆中不可或缺。他（她）儿子的孙子也许记得曾祖（曾祖母）的名字，但其对祖先的记忆一定止于祖父（祖母），阿门。"

生者带走骨灰后会送来请柬——"公元某年某月，农历甲申某时，某某老大人……"厂长有胃病，丧事的宴席一概由肖马代替出席，肖马是左撇子，在宴席上总是小心翼翼避免跟惯用右手的邻座发生冲突，保持沉默是一种办法。肖马小时候参加过丧礼，次数比婚礼多。

不需要其他表态，情感是多余的，高挂遗像的地方暂时惹人注目，死者已不会腐烂，只是需要时间被人遗忘。一年当中需要见证许多人的死，于肖马而言，永志不忘的是自己已死的过去，他曾经想做法医。他的表哥,一位外科医生,曾说过:"手术刀下的东西必须作为死物,我无法容忍刀下的内脏发表意见。"打开活着的身体的感觉只有疲惫,他表哥长期睡眠不足。他表哥比他年长十岁,肖马可以从表哥身上看到自己堕落后的模样,也就是成年后的模样,对他来说成年就是一种堕落。

看守必为看守之物束缚。每当有人喊肖马的名字、他的头衔时,他便意识到自己归属于僧侣试图垄断和渲染的死亡。他的名字是属于他的东西,因为他受困于他人,便必须堕入名字的外壳之内,正如灵魂必须和肉体不分彼此地死去。厂长想过教肖马一些东西,但年近六十的他身无长技。厂长渴望着影响肖马,觉得肖马可以弥补自己的衰老,他非常享受作为长辈的角色。但肖马尽量躲避厂长,防止两人格格不入的性格像齿轮一样咬合。

"你终究会被送入这里。"厂长是指他看管了多年的焚化炉。

"我活得过四十岁。"肖马仿佛在思考些什么。

肖马若有所思的样子让厂长了解到他的意思:"不要把 ——算了,该交代的你迟早会知道,以后会告诉你。"

"嗯哼。"肖马不置可否。肖马第一次出现在厂长眼前时,厂长嫌他太高太瘦。厂长打量他的时候随手将小刀切入削了一半皮的苹果,抖落鞋子上零碎的果皮,丝毫没有察觉肖马的疲惫制约了肖马的生命。没有人的生命从一开始就步入萧条。肖马和很多人说过话,可有可无,为的是让生命背对死亡,制造脚步后退的假象。

"一、三、九,从偶数的台阶退到奇数。"

肖马乐于絮叨独白，他的祖父母不擅长讲故事，在幼年的记忆中缺少听来的神魔鬼怪，自那时起他就在意识中违背父母的意愿。记忆一旦破碎势必不可挽回，他必须在墙上刻上记忆开始的痕迹，在了解过去的同时不断增添痕迹。事物的动静是相对的，可这无法解释为何他反复加深同样的凹陷，孱弱的他真的如此固执？内心古怪林立的世界浮现出一条路的尽头。从过去开始，他腐坏的伤口逐渐凝固，而非愈合。记忆的加重削弱了他，他负荷的并非沉重，而是消极的轻盈。生命的本质寡言木讷，有些东西在碰撞中变形，最终形成极端的人格。在肖马的眼前浮现出记忆之路。

那条路的尽头是另一条路。雨是天空压垮大地的方式，路旁Z与Y相互孤立。

Z说："不知道雨何时停，雨这么大，不如在雨停之前离开。"Y不置可否，换了个姿势给自己安全感，两人立在路旁稀疏的树叶下，空气湿漉漉的。Y的摩托车放在马路边缘，Z、Y甚至摩托车都孤零零的，无所依靠。雨敲打他们，却没有声音。Y比Z高约莫一寸，光着膀子喊冷："呸，雨水真咸呐，你觉得呢？"

"说什么呢？从出发开始行驶了二十公里，一路上我们说得够多了。"Z摇了摇头，从头发上四散的水珠小于雨滴，他说了声，"汽车。"

"看见了。"Y说。

"我们都没穿上衣，这样好吗？"Z说。

"那你套上喽！"Y团住衬衫向匆忙消失的汽车挥甩，几乎大声喊叫，"我的睫毛怎么黏乎乎的？"

Y摘掉眼镜又戴上："没必要让水包裹自己。"

"你说雨快停了。"Z说。

"时间问题。"Y撇撇嘴，不想过多理会。Y透过模糊的镜片看到模糊的世界，并不是由于他近视，而是他的意识停在了目光稍后的地方，倒是耳朵与此刻的世界消除了隔阂，路失落在山林中，一切那么近，又那么远。马路旁瘦弱的树沙沙怪响。脆弱的枝丫或早已枯腐的落叶散发着一股陈旧的气息。世界变成了巨大的废弃物，由高到低，先后传来锈蚀消融声。Z的内部在缓慢腐烂，他知道，如果雨继续下，重叠的错觉就会幻化出一层新鲜的苔藓。生命之间的距离因为地球的弧度而更加遥远，湿漉漉的马路永远狭窄，而Z，不停地说话，而且害怕自己听不见。在这片荒陌的山林中，Z厌倦了，他的一部分意识已经脱落，如树叶落下般自然而然。本该消失在后视镜的流质般的风景已经凝固，人生的回旋木马戛然而止，陷入本应忽略的泥泞中，那么Z和Y，正因为意外产生的空洞需要他们补充，才得以维系完整。

Y看了看放在路旁不曾离开视线的摩托车："那边没有房子？"

"只能说我们的视线范围之内没有房子，是吧，我们两个的暑假在今天实际上已经接近尾声，不是因为雨的缘故，而是因为你说去自己老家，叫上我一起，这件看起来普通的事情破坏了我们对未来的期待。"Z回忆道。

Y说："几十分钟前我路过了自己家的老宅，但没有停下，抱歉，我想去更远的地方。现在我们在等什么，为什么不一直骑到凤凰山，那就到了外省了。"

Z说："二十公里外的外省？我现在在边界以西不知道是哪儿的地方。"

"我们真像两个白痴，可我知道我所在的位置跟返回的路线，大概知道，"Y满不在乎地说，雨洗刷了Y所说的话的意义，而他也在褪色，"路的左右，任何方向都有躲雨的场所。"

"我却在连天空都遮蔽不了的树荫下，"Z跑到路中间，"这样淋没事？"

"摩托坏不了，我们也是，淋雨就会得感冒什么的完全是迷信。"Y说。

"那你还抱着胳膊？既然不知道雨何时停，那就在雨停之前离开。"Z觉得天空从没有这样接近自己，天空偶尔的雷鸣和不变的灰云关联着他自身，除了Y外，他不会想象外面的事物。雨压迫得他麻木，一张一合收放五指才可以证明神经没有死掉。Y以食指抵住左眼眼眶边问："现在是上午还是别的时候？我的脑袋受了潮。"

"下午，提到下午我总会想到炎热的太阳，希望摩托车的汽油没有受潮。"Y自问自答地掏出车钥匙。

"雨中三个疯狂的家伙落荒而逃，我、你还有摩托车一起逃避大雨，"Z拧干袖口的水，"好了吗？"

"我扣扣子呢！"Y说完便跨上摩托，Z也是。Z认为引擎的震动像蜂鸟，稍停片刻就会引发让人不适的沉寂，Y挂了档，车轮沿着水泥地面滑行。原本暂停的旅程得以继续，这条路已被扭曲，Z与Y始终徘徊于相似的逃脱之旅。

"六五年我十七岁。"Y说。

"嗯？"Z表示困惑。

"一句歌词。"Y温吞地说，"出自美国七十年代流行金曲。"

"我爷爷二十三，六五年。"在Z看来，风的形状跟Y一样，在摩托车上，在Y的背后Z获得了温暖的安全感，Z对此感到羞耻。

"帮我把眼镜摘了。"Y重复一遍，"手千万别挡住我的眼睛。"他确信自己正在接近不可抵达的雨心，仿佛这场大雨只是为了把他边缘化。

"下雨之前，是出太阳来着。"Z不相信自己的话，凝视着顾长的手背，保持两公分的视距，目光尽量专注于一点。虽然指隙间是Y湿透的背部。在关注一点的同时也就忽略了其他，会形成盲区。路，在形式上恢复了。

"那儿——我家。"Y高低的声音有些冻结。在风中似乎只有高速移动才不会被同化，不用太久Y将明白回音也会迷路，他尽力与自己遥相呼应。现在，他在找些什么，原因是遗失了什么，这样的追求会导致记忆的混乱。Z缺乏沟通能力，现在已不必等待，雨愈来愈大了。

"你家？"等Z回答时，Y恐怕已经忘了说过什么。"什么？"他那祖父年轻力壮时建造的、父亲生活了将近三十年、自己四至八岁的夏天在那里度过的旧宅残存于他眼角的余光。像来时一样，再次湮没在外围的大片水田后面，Y不在乎那是自己有资格继承的田产。Z在冥想，思维不时停顿，他在想风筝："鸟在电线杆上干什么。牵引的线断了，天气太坏。"

"我是风筝。"Z说，他深信不疑。

Y大声喊叫，试图知道些什么时，狭窄而宽阔的视野引他进入更深的失望，低洼的远处连衔着低矮的屋檐，更远的地方，村落开始隐现。

"帮我把眼镜戴上去。"Y没有说第二遍。

Z提前讲到："糟糕的一天呐。"

"的确是糟糕的一天，希望以后会是六个月的旱季，虽然这里不是东非草原，可我还是希望以雨季和旱季来划分季节。"Y缓缓减速。

Y又一次把摩托车抛弃在雨里。Z先躲到了屋檐下。Y还得拿走钥匙，拿走油腻的毛巾。摩托车是他父亲的，他自己只有一辆自行车。身处路旁一列不整齐的房子下，Y难以想象自行车会出现在这儿，这和他熟悉的世界相差太远。这里除了Z，还有一个吃冰棍的女人。

那是他们遇见的第四幢房子，他们立在门口："打扰，可以进来避雨么？"

她让出凳子，但Z和Y只是站着，不好意思地推辞了她给的冰棍。外面无人的马路上，狗叫得厉害。

Z忍不住吐痰，感觉雨水呛住了喉咙，嘴巴又干又涩。Y想记住那条短毛棕狗，可无法在脑海里重现短毛棕狗的清晰模样。他们见过洪水，以至于每年下雨 Z 都感觉嗅得到海水的咸味。至今，他和 Y 所在的小镇的许多人家里，垒高的门槛仍未拆除。

那时父亲告诫 Y 不准出门，然后穿着筒靴踏入在街上找不到方向的河水。三分钟后，他沿父亲的脚步进入到没过膝盖的水深处。浑浊的水延伸到了极限，尽管起伏却无力流动。一条水蛇从 Y 的胯下浮走，垃圾漂过，老鼠的尸体混在垃圾中。Y 的手指放到水下的膝盖上，他对自己隐约可见的水底入了迷，水的颜色像速溶咖啡，漂浮着不新鲜的泡沫，散发出苦腥味。

后来 Z 多次对 Y 说，当时看见他捞起了几缕乱糟糟的头发。Y 说："也许是吧，不过我不大相信自己会那么胡来。"

"这个小镇发过不止一次大水。"Y 补充道。Y 记得当时放在膝盖上的手被什么东西划伤了。在沉沉的泥沙底部，水泥地面之上，他看见的是借助大水重见天日的、原本被下水道掩盖的东西，一对非人类的眼睛，沉与浮之间模糊的针对自己的目光，他终生难忘。

在 Y 那双眼睛忽略的盲区，是不被承认的怪异世界的一部分，变得拥挤不堪，Y 放在膝盖上的手压低了它的范围。Y 暂时失去了意识。

一排木筏划过他的身边，筏尾拖着渔网。渔网中是有别于河水的海水，水未必溶于水，不同种类的水会互相挤兑，这是魔幻往现实渗透的开始。渔网中生命力顽强的海水尽力挣扎，灰白的颜色和周围相互排斥，浮出一串泡泡。那只追逐狗而来的猫围绕

Y的腿转了几圈，在水面行走像在玻璃上一样，狗与猫非常轻巧地离去。别人，应该是孩子，扔出的水漂在水面跃动，落回水中时摩擦出不协调的声音。

最后，Y看到胸口和仰起的下巴露出水面的另一个自己被最后一股水流托走，非常缓慢，让Y甚至想用放在膝盖上的手捞起那个跟自己一模一样的家伙，但他没有，只是说："那条蛇，那条蛇被人砸死了。"

Y被狼狈的穿着一只筒靴的父亲用双手擎起，木讷地问："爸爸，你怎么只穿袜子？"

而Z，在洪水肆虐时他在母亲的怀抱里发烧，他和Y的家在一条街上。上午偏晚的时候他跑出去又跑回来："我看到Y给水打走了。"

他母亲笑了笑。

别人说这场大水带走了一个在桥洞下过夜的乞丐和一个救人的学生。但Y坚持认为还有父亲的一只橡胶筒靴，他相信橡胶筒靴也有生命。可Z在发烧，不能确信那天上午他在台阶上看到了Y略含微笑地从门前漂过，被一个精瘦的侏儒用长竹筒推往深处。

现在，马路上到处溅碎的水花几乎可以改变这片土地。Z和Y仍在等待。Y不顾这是别人的家，转遍四个角落。Z看完了一张报纸，正准备再找一张。Y打了一个哈欠："我们在这儿干吗？"

"因为不够坚持和狂热。"Z望着白银般的世界，才发现这里属于低洼之地，"你打算做什么，暑假结束后？"

"到不下雨的地方去，南极也好，撒哈拉也好。"

"我会买一只风筝，暑假结束前，"Z慢条斯理地说，"虽然并不想放。"Z的手把报纸揉做垃圾，但想了一想，又缓缓摊开。雨无处不在，即使躲入室内也免不了感染潮湿。

"哪跟哪的事。"附近的人很少，Y无处宣泄不安全感。

Z说："我想洗澡。"

Y清楚他不是在和自己说话，顿了顿嗓子："如果有人扒窃铁轨，那我就跳车。"

"这个镜头我记得电影里出现过，一部我忘了名字的电影。"Z说，那条狗还在吠叫，声音低落了许多，它的主人遗忘了它，狗被锁在巨型报废轮胎旁，锁链在雨中摇晃，显得软弱。

Z径直走进雨里，Y对他走过的地方喊："我丢了一件东西。"

"什么？"空气中的水混淆了Z与Y。

"忘了。"一句无辜的话像丝瓜藤缓慢挤碎空间的间隙。

半个月后，在一条路消失的地方——即另一条路上，太阳的炙烤使之软化的柏油路上，Y歪着脖子忍受空气中浮动的轻尘。长途汽车可以在地图上难以辨认的站点稍等片刻，但需要人耐心等待。

两个月后，宽阔拥挤的广场边缘，Y再次被雨追赶上，暴露在旁人打开的雨伞旁边。Y平静地伫立于东倒西歪的人群中，高挂的条幅因为无人看管而被揭下，这场盛大聚会使用的音箱被人不小心用斧头劈中，哔哔剥剥地坚持奏着《党卫军进行曲》。Y挺喜欢，这是第二次听这首曲子。

肖马很难从 Z 与 Y 中辨别出自己，我和你也是，究竟我们在内向中会变成 Z 与 Y 两者中的哪一个，变得理性地忧郁还是激情地绝望？让我们抛起一枚硬币来抉择吧，但愿它不会直立。

雨夜怪谈

——那是在一个雨夜，当晚发生了诸多篡改小说的事件

　　雨夜，在停了电的都市，一切刚刚结束或者还没有开始，雨不是在强调忧郁，而是在像录音机般重复上一个季节。不可避免的潮湿由上而下，这座水泥森林似乎是可以移动的，只是不知道它倾向于起飞还是下沉，毕竟空中的城市与地下的城市都是人类的憧憬——这在许多城市的编年史里都有记载。以前置身于绚丽的灯光、高度发达的讯息、互不相识的过客之中，会让人觉得这里是需要仰视的迷宫，是一场精心准备的骗局。在停电的此刻，黑暗抹去了高楼大厦之间的落差乃至男女性的特征，会让人觉得那是自己在欺骗自己，或者说以前相信自己存在是个错误，起码在此时此刻的都市没有人类的踪迹。街道上停满了有如空壳的汽车，似乎人类遗弃了这里或者隐匿了起来。如果那样的话理由肯定不是为了逃避雨，尽管雨不屈不挠地下着，没有参与过过去的

话只能茫然地伫立于现在，不知道雨即将停还是刚开始下。对雨的看法无法客观，默默承受它的建筑物许多都长出了青苔，变成了历史。停电后城市有如动弹不得的巨型动物，对夜雨裸露出最柔软的部分，以至于今晚的一切都那么脆弱。建筑物壮观的骄傲不堪雨水悲哀的一击。明天之前如果有什么倒塌了的话，那一定是文明面对自然的自尊。一层层从地面垒起的都市并非为了升华，或为了完成建设后又一层层拆去只保留顶层以形成空中楼阁，那神话般可摘下星辰的景象不可能出现。无论向上筑起高塔还是向下挖掘深井都是堕落，只不过方向不同而已，两个相反的方向会分别通向——叫作地狱的地狱和叫作天堂的地狱。

　　一只猫正在某处步下楼梯，无论它踏在哪一级阶梯上都是静悄悄的，毕竟是猫，连它的敏感也轻巧得惹人怜爱。它后面的楼梯口上那扇采光的窗户一块玻璃都没有剩下，仅存的几个窗框在剧烈的风中摇摆，如同反复翻开书籍的一页或几页。它背对着由窗口斜入的雨，雨线肆意地击打混凝土的地面，似乎一条浅河沿台阶流下带来片片残缺的落叶，它四脚涉足于水。窗外种着一排与建筑物同龄的樟树，猫时常沿着墙脚在树荫下散步，此刻，舞动的枝叶甚至不时探入窗户，给人它们将离开土地的感觉。不禁让人担心城市的重力之锚会从地心拔起，留下光秃秃的弧面。雨发出令人诧异的声响，落在锌板屋檐上的每一滴雨都变得沉重，它们加剧了固体的潮湿。看着水面摇晃的影子，猫一级一级地踏响楼梯，回头可以清楚地看见一滴雨怎样在窗台破碎成轻浮的雾气，因为雨模糊了它的视线。楼梯与地面的夹角，那个狭窄的空间非常适合见证一些事情，如果有什么事情在这里 ——这个镂空的场所终结，那么楼梯下的三角形空间便是实际上的第三者。

整个城市宛若一架巨大的有无数琴键的钢琴，连绵不绝、漫无尽头的雨以无形之手弹奏它，每一下都会叩动屋檐、橡胶地面及心脏。音乐化的浪潮席卷全城，要么给沉默着的一切改造出聆听的耳朵，要么给密封的一切凿出笛孔。每一道闪电都是一次高潮，在片刻的光亮下暴露出这里无聊的一面，我不禁怀疑城市只是时间蜕下的半透明外壳，而时间早已化蝶飞走。从空无一人的这里到空无一人的那里，中间翻过两道私人花园的篱笆 ——绕过被雨同化的喷泉 ——穿过两扇窗户之间的卧室 ——在道路中间已经停滞的各色车流中逆流而上……最终我从孤寂来到了孤寂，在雨中将如此多不相关的线索联系起来，构成一根比蜘蛛丝曲折、脆弱的命运之线。作为作者，我的行动和幻想一样自由，不受拘束。毕竟我和你只是两个不惧潮湿的视角，如果这里没有了人类，就无法将同时生产婴儿摇篮和硬木棺材的工厂与宗教、推销不幸的保险公司与一只宠物狗、积压了不少过期食品的超市与西部贫困的家庭一一联系起来。人类可以将不合理的事情变得合理，以自相矛盾的法律、欲望、道德将都市的一切关联起来，可以称之为人际关系也可以称之为食物链 ——只不过没有谁可以站在顶端罢了。而现在一切都静悄悄的，变得互不相关，只需要沿着自己的方向陈旧、锈蚀下去就行了。大厦、汽车、桥梁、熄灭的 LED 灯……所有的固体就像大大小小的、存在时差的闹钟，都围绕着自己旋转。毕竟不知道以台风、地震、火山喷发、小行星撞地球等众多灾难里的哪一种为面貌出现的末日来临前，还有许许多多下雨的日子，而倒计时是最容易度过时间的方式了。只不过这些此刻都为嘈杂的雨声所掩盖。

雨一直以来似乎都是云层与地面之间的事情，即蒸发 — 凝结 — 落下的循环，有点像重复了亿万年的歌曲，生命短暂的动物是不会厌倦的，比如知了不会厌倦夏天。但在云层之外与地表之下呢？在混凝土以下很深的地方，比井、比坟墓、比下水道还深的地方，那里的黑夜不会遭受白昼的质疑。

对它的叫喊是得不到回音的。

在地下深处 —— 为了节约空气，矿灯被吹灭了，四下笼罩在漆黑之中。谁也不开口，唯独每五秒钟从头顶滴落一次的水滴的声音在黑暗中回响。

"大家尽量少喘气，剩下的空气不多了。"年长的鼹鼠说。声音虽然沉静，但头顶的岩体还是微微吱呀着发出回应。鼹鼠们在黑暗中把身体靠在一起，侧耳倾听，只等一个声音传来：鹤嘴镐的声音，即生命的声音。然而，有的只是雨渗透的声音。

他们已这样持续等待了好几个小时。黑暗在一点点把现实溶解。事情仿佛发生在极其久远的往昔、极其遥远的世界。也可能一切发生在极其久远的将来、极其遥远的地方。我作为作者不禁叮嘱道："大家尽量少喘气，剩下的空气不多了。"

因为阴雨的缘故天空中没有月亮，不知道它的圆缺，乌云抹去了这个早已不被盲目崇拜的对象。都市貌似空了的巢穴，一切陷入了静止的状态，原有的一片霓虹灯的海洋已经死亡。消费这一现象的消失几乎宣告了这里的死刑，之前崭新的信息与过时的信息快速交替，昨日的时尚会在今日的博物馆里展出，一切的存在都是为了未来，为此可以不惜拆掉过去的记忆以构筑对未来的憧憬。昔日沉醉于人间繁华的人类无暇顾及月亮，毕竟那只是较寂静、较容易飘起粉末的白色荒漠。现在所有的电视机都是硬邦邦的、冷冰冰的，荧屏黑乎乎的连雪花都没有，无论插上或拔掉电源都一样。荧屏不再播放比分已经101：106的NBA篮球赛、女演员正准备脱下衣服的色情录像、宣传电磁炉的漫长广告……一切节目都关闭了，就像堵住沙漏中间的漏口让事情无法继续。同样电冰箱也在缓慢地解冻，不只是家庭的电冰箱与仓库的冷藏室，还有医院保存解剖用尸体的冰柜。热水器、卡在两层楼之间的电梯、微波炉……由电流维持运转的电器统统成了与石头无异的固体。此时此刻正在下雨，它让读者你的心情变得潮湿，你不是被雨困在室内而是被雨困在小说上，视线、感觉都维系在书本上。因为不知道开始之前与结束之后，会觉得雨从很早以前开始下会下到很久以后，其实不是，这场雨就像密封在玻璃圆瓶里一样密封在小说里。撕碎书页也无法打开，不过当你做梦时雨可能会下到你的梦里去，那就是这场夜雨的尽头，当你再度睁开眼睛时，阴郁的心情就随之放晴了。

倘若以一个不切实际的角度来看，不可思议的事情也会变得容易理解，比如一只飞鸟忍受着暴雨，飞过林立的建筑物上空。它是一只候鸟，旅居在这里时每天都沿着固定的路线飞行，风雨无阻。它类似一种征兆、一种预示，它从不迷恋广场、屋檐、水槽，雨打湿了它的羽毛，可它并没有像风筝一样下坠。

独自飞行的话，无论如何扇动翅膀都是在接近而不是在疏远孤独。还有，可以肯定它不是一只蜂鸟。

在滑翔中它越来越相信，世界希望告诉它什么，正在向它发送信息、警告与信号。它来到都市之后就发现了这个情况。每天早晨它梳理好羽毛后要飞出钟楼到广场去觅食。经过气象台时，便想到日益临近的世界末日，其实这一过程早已开始了。如果什么地方可以测定世界末日的话，那么这个地方就是这里最高建筑楼顶的气象台。这是一个摇摇欲坠的棚子，四根木柱上罩着一块铁皮当房顶，房顶下砌有一个托座，上面摆着各种记录气压、湿度和气温的仪器；它们那带刻度的钟筒慢慢转动，发出钟表般的嘀嗒嘀嗒声，记录杆上的笔尖在钟筒上往返滑动。风速器与风向标像天线一样高高耸立，而雨量计的漏斗却像个小矮子挤在气象台其他仪器之间。这个气象台孤零零地建立于制高点的最高处，头上就是阴云密布的天空，仿佛被有意安置在那里以吸引冷或热的气流，并心甘情愿地忍受暴风雨的摧残。

有时候它不论看见什么，都觉得充满含义，觉得很难把这些含义传给同类，很难形容它们或将之转换成语言。正因为如此，它才认为外界事物包含的意义十分重要，是对它也是对整个世界的提示或警告。

城市与森林，是非常容易被用来作比较的二者，有着一样的弱肉强食的法则，不过一个直接一个隐晦罢了。可以这样说吧，这座都市是在埋葬森林的基础上建立的，市中心的十字路口保留了一株衰老的银杏树作为过往的墓碑。雨夜，表面的寂静下肯定有什么潜伏着。可以比较水珠落在挂有风铃的屋檐上与树叶上的区别，城市与森林一样，在雨中很容易被误认为无数朵千奇百怪的伞，伞下的空间在雨的范畴之外。都市永远是崭新的，陈旧会被及时销毁，毕竟极端的进化不需要记忆，它是庞大、不可撼动的系统，任何渺小的事物都不足以影响它的运转，比如死和生。连绵不断的建筑物制造出一种印象，这里就像沙漠一样缺少植物，或者说这里就是一片荒凉的沙漠。接连不断的雨敲打着混凝土外壳，而在外壳之下就是沉睡的森林，即便现在那只是砖隙间的车前草、围墙背阳面的爬山虎、潮湿角落里的真菌……不要轻视这些看似微不足道的植物，尽管城市认为昔日的森林只是煤炭、无生命的矿物，然而植物一旦被唤醒的话会立刻对城市展开报复，所有的建筑物都会湮没在雨林之中，沦为根茎的养料。显然一场雨是不够促成这样的局面的，那得许许多多场雨才行，此刻在这里植物只是花盆中被驯服的宠物，在雨的边际摆弄叶子。世上不存在不朽的事物，这是人类为什么要及时行乐的理由，在人间嘲笑天堂与讽刺地狱是件挺时髦的事情，过去放纵欲望的宴会上人类即便允许死者参加也不允许植物参加。停电后这些声色犬马的场所获得了宁静，万物都为雨所困扰，雨仿佛一座不知尽头的无形监狱，如果监狱只是一道禁忌，那又如何判断哪边是里面哪边是外面？动物与植物的纷争没有在这个雨夜上演，也许是陶醉于乌云、雨滴、影子这些在湿漉漉的夜晚看不见的事物吧。

颇具音乐天赋的甲虫也是如此，它经常陶醉于看不见的事物，它龟缩在城市万千房间中的一个的一角已经很久了，室外的雨与它无关，它专注于自己。

直至黄昏时甲虫才从深沉的昏睡中醒来。而且肯定醒来得很迟，它不是受到打扰才醒来的，因为它觉得自己休息得很好，是自然睡醒的。可它又似乎觉得醒来时听到了外面浮躁的脚步声和关门的声音，那是一种小心翼翼地关上通向前房的门的声音。它觉得是被这两种声音惊醒的，街上的路灯都是电灯，因此都由于停电而熄灭了，外面的阴暗蔓延到房间的天花板上和家具的顶部。不过甲虫所在的角落更加黑暗。它慢慢地移动着，用触角试探着朝房门爬去，依旧是那么地不熟练，但它现在认识到这东西的可贵之处。它朝门行进，为的是看看那里发生了什么事情，它身子的左侧似乎有一道长长的、绷紧的伤痕，它只好靠着两行腿跛行，一条小腿在上午的意外事件中受了重伤——那简直是一个奇迹，居然只有一条腿受了伤——这条腿已经毫无生气地在后面拖着。

到了门那儿，它才注意到，本来就有点什么东西引诱着它向门走去，这就是食物的香味。因为那里搁着一个碗，里面是甜牛奶，浮着一片片小白面包，由于高兴，它几乎要笑了，因为它比上午还要饿。所以马上将头伸向碗中，除眼睛外，都和牛奶碰上了。然而它又很快地撤回来，因为那尴尬的左侧使它吃饭时很不方便，除非全身气喘吁吁地配合——牛奶是它最爱喝的饮料，味道太美了，这肯定是谁特意准备的，接着，它又不这样认为了。它几乎是违心地离开了碗，爬回房间的中央。而室外雨势的改变对它毫无影响。

　　似乎发生在今晚的一切不怎么浪漫，欠缺情调，只不过是在刻板地重复月亮背面般的阴暗，比冷冰冰的雨还要单调。你可能会期待细雪、冰雹、大雾，以摆脱淅沥沥的雨声，那在你写作业时溅在玻璃窗户上、在你做爱时从天花板长霉的一角渗落到你裸露的脊椎上、在你外出时从伞檐滴落到你伸出的手掌上……的声音，这种无处不在的绵长声响会让人逐渐寡言，直至自己潮湿得发出绿芽来。

　　雨只是一种让人不再对晴天抱有期待的感染，这座城市不是索多玛，它既没有被上帝诅咒也没被上帝祝福，它不需要被人喜欢或厌倦，有夜视眼的话抬头可以看到纵横的电线搭构出一张巨大的陷阱之网。太着迷于看得见的事物会对看不见的事物感到困惑，例如只消一个响指就能分身的魔术。因此当迟迟没有出现的肖马终于从一扇门的缝隙中探出身躯，手持一小支刚刚点燃的闪烁火苗的蜡烛，没有一句开场白地走出时，不知是为了看见还是被看见。这座城市像钻石一样有无数切割的棱面，他只能看见其中一面，并对着那里虔诚地走下去。

　　肖马比较消瘦，微弱的火光映照出他的面孔，表现出的感觉究竟是忧郁、愉快还是冷酷取决于火苗的摇曳。这犹如一场宗教仪式，可是肖马是个无神论者，他从自己藏身的阴影中走出，是为了似是而非的梦想，他要在这里实践它做过的一个梦。

　　在停电的黑夜点燃一支蜡烛除了可以慰藉心灵之外还可以做什么？制造一个影子？不，可以在蜡烛燃尽之前制造关于自己的假象，就像卖火柴的小女孩一样，为了不让黑夜否定自己做梦的权利。肖马想把城市从动物那里夺回来再还给森林，他不是救世主，他是忏悔者。前方是通向雨中的走廊，他以手罩住烛光以至于在墙壁上投影出一只鸽子，但他无暇去笑。每一步都郑重得如同移动关键的棋子一般，烛火熄灭就意味着将军，他不希望那样，他的出现就是为了完成这个仪式，不需要理由，离外面的雨越来越近的时候，他忘记了自己是孤独的。

在建筑物林立的都市，存在无限多的入口和出口，不需要犹豫只需要一意孤行就能够存活于这个冷酷的社会。雨势一度停止，不需要雨伞就能够出门，几乎可以看见云层后朦胧的月光，到处是坑坑洼洼的积水，一只青蛙鸣叫着求偶的歌曲却暂时得不到响应。只要一两个不相关的路人就可以勾勒出一幅动人的画面，不过没有。肖马独自手持蜡烛缓慢前行，宛若黑白电影里的一个长镜头，他远离一切而去。他早已挽起裤腿以便蹚过过膝的积水，他没有朗读诗歌，而是选择了缄默，置身于宏伟的现代建筑中他显得过于渺小。不久之后雨将再度降临，在那之前肖马终于来到了那棵银杏树下，那是城市出现之前就在此地的树木，它以傲然的身姿伫立于十字路口中央。

肖马先在地面滴了几滴热蜡液固定蜡烛，而后双膝跪下非常认真地说：“请宽恕人类改变的一切，毕竟文明也是自然假人类之手玩的游戏。在植物掀起花粉、种子、寄生菌的叛乱对人类发动报复前，我希望获得到您的宽恕。”

然后肖马亲吻脚下的土地。这样的行为似乎有些无力与悲哀，作为一个支点不足以改变自然。然而，越来越多的不同面貌的人离开自己隐匿的角落、为防备核战争而贮藏了食物的地下室、有着可供一生阅读的藏书的阁楼……手持白蜡烛现身了，他们不再逃避，越来越多的人走上了街头，原本寂静的城市变得嘈杂，从上空俯瞰就像目睹了一群萤火虫的迁徙，无处不在的烛光使今晚变成了不眠之夜。不知道该称这种行动为祈祷、暴动、革命还是散步，毕竟无力改变什么，这只是一时之间大众的感伤罢了。

雨又开始下了，这样的景象让人联想到北极苔原上的旅鼠，它们在一种意志的召唤下集体奔向冰冷、无声无息地吞没生命的大海。有的时候牺牲并不需要理由，肖马所做的一切只是在茫然的时候做出了一次茫然的抉择。

蓝色水族馆

——他置身于可以游泳与回忆的场所

　　他发烧了，38.5℃的体温导致肖马折断温度计，现在大拇指与食指间的伤口已经停止了渗血。若不是售票员提醒的话，他都已经忘记了疼痛，为此，他憎恨那个女人。她说今天把放了假的儿子带在身边，可他却跑进了里面其中一条湛蓝色隧道。为了伪造梦境，肖马进入了水族馆，他接过门票说："真好，你儿子不需要买票。"

　　然后他进入了玻璃分割的世界，他屏住呼吸看周围容器内的小型海洋，既没有泛着泡沫的波涛也没有从彼岸传来的喧哗，唯一可以确定的只有寂静。他非常欣慰，在这里孤独是可以预料的。每当他想要出声时都可以感觉到食指轻触嘴唇后的嘘声。穹顶之上的深蓝里，那条鲨鱼在跟踪他，他告诉自己，自己正身处于海底。

　　在这里耳朵似乎有些多余，在所有磨光钢化玻璃之外——它们盛着 pH 值不同的盐水或淡水，就像装着各种鸡尾酒的各种酒杯——还有一个盛着空气的容器，他行走其间被鱼类欣赏。没有谁会觉得有必要聆听皮鞋、帽檐、裙边、手表……轻轻擦过平板玻璃的声音。毕竟那既仓促又无奈，气氛的诡异不仅来自制冷的空调，也来自隔着水箱经过折射的目光，那偶然掠过的眼神无论出自男或女都令人难忘。

　　身处于这里必须面对蓝色，它不可避免，无法忽视，令人在意，似乎是潜伏于闭上的眼睑中的妖精，一打开它就会发动不突然的袭击。对肖马而言，那给人寂静、冷漠的感觉，不是只有透明可以承受这种元素，心也可以，毕竟这正是他此刻的心境。若是透过放大镜观察极夜，可以从北极光中辨别出近似冰雪的蓝吗？

　　肖马也许做不到。水族馆中央有一架由机器人弹奏的钢琴，它伫立在那儿，在别的地方可以看到它幽灵般的影子。《致爱丽丝》的旋律传播到他的耳中，他那有些多余的耳朵没有仔细聆听。声音在水中传播比在空气中传播更慢，不知道吐泡泡的海豚有没有注意到这一点，如果注意到的话，它们应该会一次又一次跃出水面来证明自己是有乐感的动物。那个简陋的机器人穿了燕尾服，电线从后面露出来，它弹琴的姿势非常流畅，不禁让人担忧音乐也可以批量生产，只有一个小男孩看着它。

　　为什么那个女售票员不在他进入的那一刻问他："你为什么来到这里？"而是说："如果看到一个戴白框眼镜的十岁男孩，

请告诉他，他妈妈在找他。"其实她保持沉默地涂指甲油最好。

肖马来到这里是为了做梦，只是为了单纯地做梦。在水族馆深处，我、你、肖马都是浅蓝色的。

此刻他希求着有人能对自己发出催眠的暗示，不是非得吹魔笛才行，比如在白色海鳗前哼唱摇篮曲，当着他的面进行短暂接吻，看见潜水员在水箱内清理过剩的琵琶草，将其误以为一条不知名的鱼……他都会即刻以手为枕睡下，就像童年时卧在母亲的膝盖上。在梦中他通常知道自己在做梦，因此在现实中他偶尔会不确定自己是不是在做梦。

有螺旋形的楼梯通向海豚表演场，那里驯养员和海豚得表演彼此的亲密无间，那种场面不适合他，尤其是家长购买鱼苗给小孩用于喂食的情景。反正他距离楼梯足够远，听不见上面起起落落的脚步声，当听见回音的时候他就能知道远处的建筑结构。只是在这里他灵敏的耳朵有些多余。远处一只黑猫盯着孔雀鱼徘徊，它的耳朵要比他的更擅长聆听。一只出没于水族馆的猫无论如何都让人觉得不自然，它应该行走于屋顶上而非鱼缸上，但是如果它学会自由泳的话，相信这里沉默的大多数会接受它——虽然不包括肖马。

其实他并不仇视猫，可他仇视与迷你海牛隔窗相视的黑猫，倒不是担心它们之间产生不伦的恋情，只是这诱发了他游泳的欲望——只要他在深水区游的话就注定会溺水。不管怎么说，那只黑猫在他起杀意之前以从容优雅的姿势进入了转角，透过弧形的水箱他看见变形的它，就在一丛水竹草后面。

也许这个深蓝色的水族馆，这个并非让人感到浪漫而是让人感到困惑的场所，适合制造这样的巧合——未来与过去的影子擦身而过，在调皮的海豚面前，二者犹豫地止步了又匆匆地继续离开，他们不想为海豚的歌声留下。这样的错过每天都在世界各地的水族馆重演。也许他没有注意到，那有可能刚刚在他的身边发生了。他首先想到的不是后悔，而是对方的失落。

发生过的事情，肖马总是容易忘记，这点必须承认，尽管他擅长撒容易被看穿的谎。在这里看穿对方的内心太难，毕竟目光穿过大型鱼缸时折射会造成误差，这个玻璃——确切地说是透明结构的空间里，视觉经过了咸水或淡水的折叠变得曲折，无论走到哪里都像在步下楼梯。说真的，没有比这里更适合他生活的场所，他不必虚伪就能轻而易举地进行欺诈，也许他应该应聘这里的工作。

他走到机器人钢琴师旁边，手指轻轻按下琴键破坏旋律，他说："可以教我弹钢琴吗？我非常羡慕你的工作。"它既不同意也不反对，按照程序跳动的手指甚至将肖马的手指当作琴键按下。

旁边的小男孩依旧伫立着，在面对让人容易感到迟钝的情景时，为了视线内的某个角落而着迷是很正常的。他大约十岁却保持着二十岁的安静，这样可以掩饰自己的幼稚，曾经也是孩子的肖马非常熟悉那一套，他将手从钢琴上拿开，对孩子说："外面的售票员是你的妈妈吗？"

"是的。"男孩略歪脖子，声音表现出稚气，嘴唇的形状似乎是想要吐泡泡。在片刻寂静后他说："然后呢？"

"她叫你去她那儿，别乱跑。"其实男孩只是在她目光之外的地方做跟在她身边一样无聊的事情，不过这里闻不见指甲油的气味。孩子拔下机器人的插头，音乐停止的那一刻他才说："好的。"

机器人的弹奏停止了，雕像般的姿势似乎无所谓瞬间或永恒，肖马想的却是，这儿的地面跟天花板一样干净。他想拍一下孩子的肩膀却又不敢，仿佛彼此之间隔着易碎的玻璃："每句话都那么短暂不好，尽管这样很押韵，但是别人会以为你是智障或者口吃，明白吗？"

"明白了。"孩子略一点头，开始往外面走去，如此之短的距离里他几次被别的事物吸引而走神，以至于停下脚步发一会儿呆，肖马对于这种景象叹为观止。在孩子为沉在水底的一副潜水镜所吸引时，忽然转过身来对肖马说："我是妈妈手里的风筝，即使飞入这曲折的走廊里，她也能够通过一根线条找到我。你就是她找到我的线索。我喜欢所有的一切，自然包括离不开我的母亲。"

"这不是不口吃吗。"肖马以开玩笑的口吻说道，他想，那牵引的玻璃线最终会成为束缚自己的茧丝吧。那个孩子之前在两个椭圆形水箱之间应该是在做游戏吧，一个人的游戏，独自进行的捉迷藏，即自己绕过一个又一个的透明障碍物寻找自己。不知道他讨厌什么，有可能是肖马，也有可能是某处的一尾小丑鱼。

肖马想试试眼前的回音是不是扇形的，他最喜欢的回音是海螺形的，他对那即将消失于转角的孩子说："那么你觉得应该如何对待这个断了电的钢琴师呢？"

那个孩子以食指抵住嘴唇示意他在这里不能大声喧哗，然后用几乎听不清的声音说话："连同钢琴一起沉到水族箱里。"

在水中弹奏钢琴确实非常优雅，尤其是有金鱼围绕起舞时，可以想象那双金属的手近乎反复沉浮的跳动，在那里一切都比空气轻，甚至可以浮起来。这样的场景犹如梦幻般漂亮，肖马可以想象得到，每按一下琴键都会引起水面几乎看不见的涟漪。只是有一点，作为震动的声音一圈圈扩散开来，直至遇见玻璃为止，地图鱼听得见的声音他听不见，水箱——它是保存声音的容器。他只能说他看见了音乐。

除非他不惧肺部入水，沉入水中，放弃用手去抓住边缘的企图，在混沌中睁开眼睛，他若是完整地聆听一首钢琴曲，那会溺死的。相信从里面往外面看是截然不同的感觉。

之前售票员将票交给他时，他说："我即将年满二十岁，并非一定要在人生即将进入第二十个年头时进入这里，我只是有一丝恐惧。"

她说："那就尝试在水族馆里学会游泳，我就是叫我儿子那样做的，虽然他并没有学会，他今年十岁，迟早会变得跟你一样郁郁寡欢。"

此刻肖马对阿莫西林的需求还没有那么迫切，因此口袋里的胶囊用于喂鱼也未尝不可。当然烧还没有退掉，他的身体还在发热，如同普遍的发烧症状那样他觉得身体发冷，无处不在的空调加剧了这一点。他并没有眩晕，只是轻微地渴睡，害怕认识自己的人突然出现，至少在此刻，他更喜欢不断路过自己的陌生人。

断电的机器人有如喷泉雕像，对它而言一百年前和一百年后没有区别，它作为一件昂贵而且可以吸引磁铁的摆设，放置在中央——类似于心脏的位置为大多数人忽略，此刻它的指尖非常接近黑键，大约5毫米的距离在他看来不仅仅是遥远可以形容的。肖马需要一个合适的温度，当一滴冷汗从面颊滑落到不会松动的地面时，他明白了这点，低烧不会致命，只会让人记住一些情感，爱追忆想不起来或根本不存在的往事，混淆完全相反的感受，热衷于原谅与宽恕……这些可都是垂死的症状。因此低烧只是死神与他玩的一次游戏，作为对多年后的某个时刻的提醒，这发生在以蓝色这种冷色调为背景的空间里。他相信死亡与蓝色一样存在于自己的瞳孔中，只不过被忽略在某个死角罢了。

这与他戴眼镜无关。凹透镜散光而凸透镜聚光是初中学的知识，当他将眼镜故意倾斜时，孔雀鱼从镜片中游过。以前往往是在考试作弊时，利用反光发现老师从背后走来。

待在这里欣赏透明，时间过得比其他地方慢几拍，这里与别处存在时差，每次看表肖马都觉得指针旋转得过于缓慢，这种感觉就像与友人同行时自己骑自行车而对方步行，他总是在对方前面也总是得停车等对方赶上。重复的停顿会令旅途变得不愉快。

以往那只是片刻的等待，等待时间跟上他的节奏，而现在他处在时间的断层上不知道是自己在等别人还是别人在等自己。他所能做的只有空想，眼前的景象有如许多半透明的树叶重叠在一起，因为，从水族馆的入口，他的目光可以穿透一层层玻璃直至水族馆出口。

　　他想沿着这个方向从入口抵达出口，却做不到，即便他可以直接穿过一面面玻璃墙，也无法自如地在奔跑与游泳两种状态间切换，他不会游泳。多么复杂的空间呵，热带鱼生活的水温不能低于20℃，而适合金鱼生存在最佳温度为15℃~30℃，平日里不常见的亚寒带鱼则应生活在0~4℃的水箱中。在这里只有人不会因为温度调节失灵而死亡。这种现象，有如在同一穹顶下存在不同的气候与季节。

　　没有哪一家水族馆会展出蓝鲸，这是他长久以来的遗憾，世界上不存在1000米×1000米的鱼缸。一开始，他从女售票员手中接过门票后立即撕碎："这是因为我在这里看不到蓝鲸。还有你在我面前一再提起你并不为之骄傲的儿子，他不需要买票而我需要。在我脑海中不断浮现蜡笔、加支脚的儿童自行车、牙痛时吃的无糖口香糖、宠物猫这些词语——我受到你过于明显的心理暗示，比如你正在涂的红色指甲油。"

　　"即便这样，即便你如此任性我也无法用教育的方法教训你的。我们之间相隔的不仅是柜台，还有大约十年的时间。"她旋上油瓶的盖子，话语里流露出一丝遗憾，"看样子你发烧了，可别把这里误当成医院，明白？可你若选择固执，我也是无可奈何的。以后的我或以前的你注定不会出现在对方面前。"

　　现在看来，他选择了固执。目睹鲸鲨进入睡眠的他知道有三个人出现在自己身边，然后离去，先是双手插在口袋里的我，然后是将外衣搭在肩上的你，以后他有可能记错这件事情。第三个是折回这里的十岁男孩，与双手交叉于胸前的肖马不同，他蹲在地上双手托住下巴，眼镜的度数至少目前比肖马的低。其实他们像是在看液晶电视，里面游曳的生物给人不真实的感觉。

"遗憾呐，"孩子说，"为什么世界上没有一家水族馆会展出蓝鲸呢？我一直想看到它可以用于制作小提琴弦的鲸须呢，一直，会一直这样想的吧……"

肖马倒吸了一口冷气又缓缓呼出，这个季节的呼吸不可能在玻璃上积起薄霜的："你学会了游泳吗？即从蓝色漂向蓝色。"

孩子想了一下："没有，现在及以后恐怕都学不会，理由之一是潜水时无法戴眼镜。在这里，即便仅仅穿过水箱之间的过道，我也会有溺水的感觉。"

"即便仅仅穿过水箱之间的过道我也会有溺水的感觉。"肖马重复道。他的确是个古怪的孩子，而肖马则是一个古怪的大人。肖马原以为他会从口袋中掏出零食，可他却掏出一些照片在干净的地面排列，似乎想组成一组连环画，里面的主角自然是他自己。肖马说："起码站在这里不会有晕船的感觉，尽管人们置身于蓝色的海洋之间却浑然不觉，毕竟伸手也触不到有鲑鱼卵的洋流。我可以想象刚刚你去干什么了——确切地说是回忆，你看着自己母亲坐在椅子上的背影，她不自觉地哼你还不会说话时哄你睡觉的摇篮曲，可你一点也不困。只是茫然地站着，闻见她正在涂的指甲油或口红的气味，那令你讨厌，那意味着她之后会见陌生男人。无论做出调皮还是撒娇的表情母亲都看不到，她只要求你在她身边不准离去，当一个浅蓝色的毛线团掉落在地上的一刻，你从售票室里溜了出来。"

　　"这就是关于我生活的一切，我是一个很上镜的男孩。"他摆放好最后一张照片，上面的他坐在栗树分叉上笑。其他照片上似乎都表达出他的天真，所有的图片都可以命名为童年——他手持玩具枪的照片，他从建筑物一楼跃向沙堆的照片，当然最多的是他在水族馆的照片，那些背景同样是忧郁的蓝色。肖马指着其中一张说："为什么所有的照片上都只有你一个人？拍摄角度孤僻到了连路人都不允许出现的地步，还是说你的生活只有自己？"

　　不知为什么肖马要盯着他那无邪的瞳孔中自己的影子。

　　孩子一张张收起照片，就像拾起一片片落叶："我的照片都是妈妈拍的，是她选择的镜头，因为她只在乎我——只是有些时候忘了而已，虽然那有时比容易做噩梦的黑夜还要漫长。"

　　如果可以的话，肖马现在就想注射退烧针，那样就可以安然入眠。那只已经被管理员通缉的黑猫又出现了，这里如此寂静，即便是猫走路的声音也隐约可闻，它正穿过那架钢琴的支脚去往蓝色深处。

　　"我以前养过一只猫。"肖马说。

　　"我非常想养一只猫。"孩子说。

　　于是他们看着对方笑了，尽管短暂却注定让人印象深刻。他们学着西部片中对决的牛仔，在玻璃墙那边的海豚的见证下，目不转睛地盯着对方，再后退几步。该死，偏偏最需要机器人钢琴师弹奏的时候却没有把它的插头插上。海豚的影子在等待的过程中不时反映在他们身上，一秒、两秒、三秒……他们不是同时开枪而是同时摘下眼镜，以近视的眼睛看着对方。

　　然后分别，以背影相对，甚至没有告别。肖马估计自己在发高烧了，虽然还不至于头痛，他所注视的远方……是浮动的蓝色。之前售票员甚至没有要求他捡起门票的碎片便默许他进入，那时他说："在水族馆里注定学不会游泳，在别的地方也一样，不过我也许可以学会原谅或宽恕内心深处蓝色调的往事。"

　　她快速地翻着女性杂志，偶尔瞄他一眼："如你所说，你即将年满二十，这不仅意味着可以结婚，还意味着不再需要依恋过去。"

　　是啊，他吻了一下手背，不顾思考停滞的大脑，对自己缓缓说道："世界上之所以没有一家人类的水族馆会展出蓝鲸，是因为有浮冰漂动的蓝色大海 —— 就是世界最大的水族馆。"

自由泳者

——从这里游到那里

这个世界是荒谬的。

游泳近似于飞行，比飞行沉重比步行轻盈，置身其中连微笑也会变得迟缓一些。有人说这种行为非常浪漫也有人说这种行为非常拖沓，肖马不置可否。别人很少尊重他的意见。无所谓喽，反正眼前就是大海。

他可以单手解开女生外衣下的胸罩，却迟迟无法单手脱下掺入沙子的运动鞋，这种短暂的难堪就像被铐上手铐的小偷。

的确，他是做过小偷，不过那是在多雨的春天，在冬天他不会盗窃。

在海边任何人出没都会留下脚印，证明自己来过，但任何脚印都会被潮水抹去，因为大海不需要记忆。没有谁在接近他，漫过脚踵的泡沫无声无息地将他卷入漂浮的必然命运中，一个声音说："既然不会感动，又何必出现在这海边，你应该后退——与来时的脚印重合加深凹陷，回到针叶林遍布的雪山上，回到用干粪做燃料的篝火旁。"

"也许这里没有风，只是我、波涛、芒草、云絮都在颤抖而已，这不是出于害怕。"他开始轻轻地、缓慢地拉下铜色拉链，发出"咔啦——咔啦——"的动静。

目前下着细雪，在他的家乡这被称为米豆雪。目光根本捕捉不到雪落入海洋的一刻，他以为自己在二十世纪，可是这是二十一世纪，多多少少让人觉得有些无可奈何的遗憾吧，这有如企图伸出手捕获鸟。此处的海岸稍显荒凉，从来就没有出现过晒日光浴的女郎、沙滩排球网、可以出租的帆船，未来也许会有，但未成年的他不关心这些。

一会儿哭一会儿笑不是他的风格。

沿着海岸可以看到许多搁浅的垃圾，它们从远方漂来，在这里腐朽。之前他就被一台半埋在沙地里的电风扇给绊倒，于是他用海水洗手，海水比他想象的要混浊，毕竟这是他第一次看见大海——景象和他想的差不多，只不过眼前的现实有如褪色后的幻想。完全没有在沙地上画画的兴趣，沙堆上建立的一切都是徒劳的，其实人类建立的城市也一样终究会被自然抹去。他旁边斜放着一张单人沙发，里面的弹簧已经暴露在外，他发现它的时候上面空无一物，环顾四周，目光会陷入杳无音信的迷茫中。那时沙发坐垫上人为造成的凹陷正在缓慢地凸起，而之前坐在上面的我不知道是起飞、游泳还是奔跑而去了。他一个人——东南西北，所见皆雪。

我先于肖马离开，你后于肖马出现。

冷？也许吧。他退到潮水触及不到的地方脱下鞋袜，然后脱下外套。雪屑有时会落到眼镜镜片上，在仰视灰色天空时一只鹰从云端飞过，他只知道自己和鹰的眼睛构造不一样。

只有在沙滩的褶皱上才有薄薄一层积雪，那有如月光的照耀，现在，冷由于孤独而加剧了。他将外套放到地上，叠好，就像以前当住宿生时做的一样。海边的植被非常稀疏，让人联想到沙漠，不过沙漠尽头的海给人一种莫名其妙的感觉。

这是他第一次看到大海，之前一直是在游泳池、水库、巨型喷泉池、河流中游泳的，他从未在大海中游过泳。兄长教育他说："如果溺水了得屏气下潜，在摇晃的水草中，解开水鬼拽住自己的双手。"

不知道水鬼的类型有没有淡水与咸水之分。

若想要描绘风的形状——他打了一个哈欠，懒散地看了一眼远处的海洋，上面灰白色波涛的晃动有如杯中矿泉水的晃动，他期待从那弧形的海洋表面看到船、动物、不一样的色彩出现。一本皱巴巴的《康熙字典》被风不停翻动，他在一段距离之外根本无法阅读——他想，若想要描绘风的形状得先准备一张纸，再随意折叠成可以滑翔的样式从高处抛下……

可他现在没空。他脱下皮带扣得有点紧的裤子，再脱下蓝色条纹的棉布内衣，双手交叉地自我拥抱几秒后脱下内裤，赤裸地站立在细雪下的沙滩上，显得既无助又迷茫。他暂时停止解下不防水的手表，不是因为感到羞耻，而是感到置身于空旷中连听见回音都是奢侈的事。

他并非就此躺下与女人睡觉，他走向大海，身后留下层层叠好的衣物。男人的裸体缺乏美感，无法和女人的裸体进行比较。他戴着眼镜涉足潮水，不等太阳与月亮同时出现在天空的时刻，他已逐渐浸入比空气冷的水中，潮水以微不足道的力道将他往回推，当水位升高到胸前时肺部就感受到隐约的压力。赤足踩过泥沙有些硌脚，又一阵浪潮终于淹没了他，头部重新露出水面时镜片变得模糊，不过此刻他不需要视力，就像沉入水中的汽车被水逐渐渗入内部，冒出气泡。

他开始游自由泳，划动的手臂变成了类似翅膀的东西，在浮动中身体并不会因为赤裸而接近青鱼的形态。他故意下沉，从水中的角度观察外面，一样会由于折射而造成误差，然而这给了他换一种身份的虚荣感。如果这里是死海该有多好，那样就可以顺其自然地漂走。他最远的游泳纪录是8.6公里，他来到这里并非是为了打破这个纪录，但是他的确会游到筋疲力尽为止，他不相信存在永无止境的事情。

游泳、骑摩托车、打篮球也不能让他中断思考，这导致他——有时会在游泳中停止转肩陷入漂浮的状态，直至救生员跃入水中；在骑摩托车时突然扳下前刹车；在打篮球时手抓着篮球却忘记了自己属于哪一方阵营。现在他以躯干中线为轴，肩部随同左右手臂的划水与移臂相互连接替换，由于大海不同于游泳池，他随时保持着警惕，毕竟水是世上最无常的存在，就像女人是最无常的动物一样。他保持着左右规律的晃动，尽量节约气力，这不是一场游戏而是一次重拾自我的旅行。

与其说海水是咸的，不如说海水是苦的。

关于大海有太多传说，也许他能成为其中之一。说真的他感到口渴，在大海中游泳与在沙漠中徒步有相似之处，不用选择，只要一定意义上的等待，自己的渺小就会展露无遗，就像进入了镜子林立的房间在错愕中无暇重新认识自己。

在这种情况下沉默是必然的，一般要很久才会意识到自己遗失了一件东西，即便已经赤身裸体仿佛再没有什么可失去的了，那就是声音。那既是歌也是诗，还是记忆。这里不需要语言，每次自言自语都会加深自己的空虚，"无法讲述"对年少的他而言也是一种训练。在海水中本身就是得到了一种模糊的拥抱，他划一下水，游向更远、更深、更轻盈的所在。

冬泳的话可以避开鲨鱼，避开归航的捕鲸船，避开所有与游泳无关的事，这样他就可以专心于在沉浮间寻找平衡。若是遇见了快船上赤裸着上身的海女，无论她们邀请他喝未成年人不应该喝的酒还是嘲笑他的姿势，或者出于对男人的恐惧而纷纷跃入水中遮掩羞处，对不能做出回应的他而言都是一种打击，他不愿成为她们的回音。他是个无力拒绝或答应的人，只有在水中才能让事情变得暧昧，变得似是而非，让他不必做出抉择。

生或死、此或彼、正或反、蝶或花、爱或恨……太多的事情需要抉择了，而游泳就是犹豫而已，在浮出或沉下水面时，听觉、视觉和触觉都会变得迟钝，变得弯曲。海洋是温柔的，它甚至能让人接受温柔的死亡。

他倒是乐意聆听海女的歌声，她们的歌喉一定比塞壬动人，他没有见过海女，肯定很难不去注意她们的乳房。在冬天游泳要避开这一切，划水时为什么而着迷的话，注定会沉下海底的，那样就没有哪一只手能将从他深处捞起。

雪下在海洋表面，比雨更加无意义。这样的温度他是不会冻死的，只会逐渐丧失感觉，这种情况下想要触碰什么的话，每一下都会感到浮动的失落，就像不含情欲地滑过女人的胴体。

没有人会向大海希求爱情，它能给人的是无尽的迷思与遐想。在其中所做的一切都是不着边际的，不知是蓝色、白色还是无色的海洋，关于色彩的描述太多了，置身其中的感觉有如一只白脯麻雀从手掌上缓慢飞起。海洋是不可破坏的，它不像玻璃可以破裂成许多耀眼的碎片，连血液这种深刻的形态也可以在这里如雾般消散。

海洋也会有死亡的一刻，但它不会流血。它是一个没有盖子的玻璃瓶，里面装满了关于遗憾、关于脆弱、关于记忆的事情，取一只海螺伏在耳边就可以听到。

当四周只见起伏的波浪，他仿佛置身于看不见建筑物的广场上，生活里除自己外的他者似乎从来没有出现过。独自游泳就像一个人在树林里听树叶簌簌飘落，以树木为掩体，从一棵树后到另一棵树后，和自己捉迷藏。其实，他能够接受这样孤单下去，可别人再度出现的话他会愕然不知所措。

当海洋死亡的时刻，他希望它能够彻底结冰，让泡泡浮不出水面，让山脊般不规则的表面褶皱可以积雪。让正在划水和准备转换成蝶泳的他只露出一半面孔、一只手臂、一丝惆怅。

在那之前还得度过无数个秋日，毕竟那是千年以后的事情。学习游泳让他明白了一个道理——活在当下。每一次换气、每一次划水、每一次蹬腿都说明了他的存在。而回到岸上后对自己的存在就不那么自信了，握紧手再放开，就会想——若是有人吻我该多好，那样我的一切就能够得到证明，我不会回吻的，不然会否定自己。

在水中人变得比较轻盈，他已经觉得疲劳，透过眼镜看待前方无止境的起伏的波浪他感到绝望。这是没有对手的竞赛，不知道游到何时不知道游往何方的无目的运动，该怎么形容呢，摆动幅度不均匀的钟摆、在太空中漂往一方的火箭碎片、楼顶上反复弹起落下的弹珠——反正是无意义的、可以浪费足够多时间的行为。他想用小刀削下一圈完整的苹果皮。

不是没有想过中途放弃，然而命运是一种上了发条的镀银金属玩具，在一曲终了之前，在出现死亡之前，在发生结婚或离婚前——它都不会停止。在满是会漏水的房间与走廊的建筑中，他会从一个房间走到另一个房间，不在乎是否会回到原地，看到嵌接门与墙的合页还在旋转，他将一直走到可以看见风景的窗前为止。而这里没有任何参照物，人类可没有办法用工具雕刻大海，他孤独到连影子都没有，哪怕一条海豚出现再消失对他也是一种慰藉。

毕竟声音是最无力的东西，就像水墨山水画中的淡黄色、黑白电影中的黑白两色一样，每次在水下说话，哪怕是读一首古诗——前不见古人，后不见来者。念天地之悠悠，独怆然而涕下——连他自己都听不懂，只见一串包裹了二氧化碳的泡泡像蝴蝶一样散去，他抓不到。

裸泳的他没有欲求，因为什么也得不到，他也是大海的一件装饰品，与一艘无人操作的帆船无异。

若是在此时放弃，那无异于踩空踏板进行非自愿的高台跳水，从一百米的高空落向水面的话与落向水泥地没有什么区别。人的落水姿势永远不可能如秋叶般优雅。体力不支的他感到痛苦，划水时手指会不自觉地蜷缩，就像即将蜕壳的蝉一样肢体开始不灵活。无目的地游下去的话，尽管目光之内没有障碍物他也将陷入迷宫之中，因为没有目的的话出口就并不存在，没有入口与出口的境遇就像没有生和死的人生，会让人孤寂得不知所措，一直盯着不落的太阳或月亮。

他不想在夜幕下游泳，黑暗里人的阴暗面会扩大。而且，在一片静悄悄中，也许翌日一个渔夫走在岸边的时候，会捡到一个漂流瓶、捡到一支断裂的木桨、捡到一盒潮湿的火柴，当走在前面的狗咬开一个贝壳的时候，他会捡到已经被风吹干的睡梦中的肖马。黑暗是被梦主宰的空间，谁也不会知道里面发生了什么。

沙漠与海非常相似，徒步在起伏的沙丘上或漂浮在起伏的海面上都会不知道自己在做什么，都会想知道自己要做什么。沙与水都是不可雕刻的，于其指隙疏漏而下，就可以懂得无可挽回是什么意思。

肖马想游往世界尽头。

他反感在游泳中被巨型渔网捕获，跟青鱼挤在一起。他反感遇见礁石上的正在弹竖琴的美人鱼，因为对比她的尾鳍与自己的两腿，他会感到自卑。他反感看到一只救生圈向这里漂来，他是不会去抓住它的，因为抱住救生圈他的裸体就不再完美。

从出生开始影子就跟着他，从出生开始死亡也跟着他。他手臂划水的幅度明显减小了，他的结局会像一颗出膛的子弹一样无声无息地坠落？真那样的话他的下沉就显得轻很多。他没有游回去的自信，除非前方不远就是彼岸，然而他并没有看到灯塔。刚开始游泳时，他脑海浮现的画面是悬崖上的松树、城市的霓虹灯、深入地下矿井三百米的电梯——而现在，他脑海中浮现的画面是几乎感觉不到的细雪、起伏不息的波浪、他的眼镜镜片、出现又消失的泡泡——幻想逐渐与眼前实像吻合。是他变得单纯、幼稚、平静了？不，他只是被海水折磨得迟钝了。

在他的家乡，几乎所有的孩子都会游泳，他甚至不算其中的佼佼者。他们出没于那里的所有水域，经常哼唱《自杀森林》，歌词大意是一个能捕捉鬼魂的少年，为了自杀而进入森林，最终又选择了继续生存。每年夏天之后的新学期，肖马的学校一定会出现几张空课桌，同学们会每天往上面放一束鲜花，直到课桌被撤去。每年都会有几个学生溺死，就像每年都会有几个女学生怀孕一样平常，他更是见怪不怪，毕竟接连死了三个同桌。

为此别人给他取了很难听的外号。

终于，他由于疲惫而混淆了动作，在浮出水面时憋气，潜下水面时吸气，因为搞错呼吸顺序而呛水的他抱住两膝似乎要就此下沉。这是他第一次学游泳的姿势，那时他爸爸用双手将肖马扔进水中，然后以手掌抵在前额避免阳光刺眼，仿佛打出了一杆完美的高尔夫球。而肖马就双手抱膝仿佛要睡着一样等爸爸捞起自己。

这次不会有一双手捞起他了，毕竟这里是世界尽头。

他对生与死陷入了模棱两可的忧郁当中，在岸上他可以停下来做梦，等待神的启示。在这里不行，因为他的死亡已经出现，他的死亡非常温柔地挽住肖马的肩膀下沉，就像给他系上了不算太重的铁锚一样。尽管他的死是个影子，可还是看得出他赤身裸体——啊，肖马的死亡竟这样不体面。

下沉才刚刚开始肖马就看见了结局，即自己肉体与精神的双重腐烂。于是肖马拒绝了死，非常自然，用的不是委婉的语言。在水中肖马的视线仿佛经过一层混浊玻璃的过滤，今天水下的能见度不高，没有看到独角鲸。死亡没有想象的沉重，感觉和搭乘热气球上升一样，他的死亡稍显忧郁，若要以一种动物来形容他的死亡，那就是黑天鹅。

手中没有握着短刀给肖马造成了巨大的失落，不然他可以切开死的动脉见证死亡是否会流血的。在这里一切都被推迟了，就像玻璃构成的迷宫，置身其中不得不迂回前行。下沉、上升、拒绝、答应、杀死、被杀……一切都被推迟了。在他和死亡的纠缠中有充分的时间互相了解，毕竟，这里是子弹减速的所在，连直线都会被弯曲为波浪线。

　　也许死比生脆弱，肖马扼住死的脖子，就像扼住麻雀的脖子，轻而易举地杀死了对方，就像不小心摔碎了一件瓷器。肖马抛弃了死，开始上浮，重新浮出海面时他似乎获得了新生，向着一个固定的方向游去。灰白色的天空还在飘雪，一只海鸥从上空掠过，肖马则继续不屈不挠地游泳。

　　他杀死了自己的死亡，可他没有因此而获得永生。

　　毕竟这个世界是合理的。

重　叠

——去希求会变成回忆的爱情

　　周四下午，工作结束，洗去手上的油污后，肖马出现在两条马路相交的地方，他联想到史前的巨型蜻蜓，刚刚一架民用直升机掠过地面在凹凸的建筑物上投映出类似昆虫的影子，所以让他想起这点。他直视飞机的时候不得不以手抵住前额防止阳光刺眼，飞机下垂的绳索上系着一个巨大的在火烧云下反光的十字架，若是它摇晃的话，也许会对全城的人进行催眠，就像心理医生手中的一块挂表。这里没有人信教，无论飞机悬挂的是十字架，还是新月、镰刀锤子、车轮这些标志，都不会引起人们朝飞机的方向致意。面对着一栋八层公寓的肖马自然也不会。

　　肖马置身于公寓的阴影下，没有影子，他刚刚抵达又即将离去，向前盯着一个方向，那边的三楼阳台上有一位少女。

　　眼前的公寓让他联想到魔方，每一层楼都可以通过空空荡荡的视野看到一排房间，重新刷漆的墙壁以及塑料水管，不难联想到光亮的地板与长霉的天花板，十分单调。若能切开公寓，那么可以看到的就不再是沉默的水泥外壳，而是众多私人生活互相重叠的影像。那样的话，他得像从纷纷而下的落叶中确定一片自己喜欢的落叶那样，从众多的家庭中确定自己喜欢的人物。

阳台都是镂空的，有如古代的屏风让人浮想联翩，当有人走过时，其不断闪现的两腿有如拨过琴弦的手指。肖马将双手插进口袋，其中一只手握住从汽车修理厂带出来的螺帽。置身于都市，首先要明白的就是天空会比以往狭窄，若不小心的话，随时会被社会当作一枚无用的螺帽。

村上春树说，这种情况是属于高度发达的资本主义的前期发展史。

而在这里，则是属于高度发达的社会主义的前期发展史。

个人过于渺小了呵。那个在三楼阳台上，穿连衣裙的少女目视前方，她没有穿鞋，踮起赤脚似乎在展望未来。她面前有几盆盆栽，由于过于活泼的动作差点让一只种有芦荟的小铁盒坠落。肖马几乎要跑过去伸手接住了，他是个相信巧合的年轻人。

这时，远处的篮球场上，一个不被看好的家伙投出了一个完美的三分球，球场上所有的目光集中于比太阳还要醒目的一点上。而在顶空，一只充气不充足的氢气球刚刚上升，视力 2.0 的人可以看到上面系着一只正在挣扎的甲虫。那根维系直升机与十字架的绳索此时断裂，那个巨型十字架砸在这栋公寓的屋顶上，仿佛试图树立起一座无名墓碑。他将这些巧合与她联系起来，他想说的是，一切只是偶然。

那巨大的声响丝毫没有影响到她，她侧枕于放在护栏上的手背上，仿佛自己正在没有楼梯的高塔上等待什么，又苦恼于自己没有可以垂至地面的长发，她仿佛生活在童话之中。肖马因为她对环境的无动于衷而感动，他仰起面孔对她喊道："如果需要的话，我可以等下去，直至你的头发长到可以让我攀爬为止。"

她远眺着天边灿烂的火烧云，也许是无暇顾及楼下的陌生男子，也许是反感他脏兮兮的样子，直至肖马悻悻离开她也没有看他。

许多天之后的周二上午，无所事事的肖马再次路过陈旧的公寓。这时正在下雨，尽管没有雨伞他却在那里驻足停留了一会儿。在雨中，公寓就像古代城堡一样孤立，那是一种形而上的孤立，接近它乃至进去搭电梯固然可以，但每走近一步感官上却会疏远一步。

从另一个角度来看公寓，它就是一把巨大而且固定的雨伞。雨可以斜掠入阳台，那些盆栽似乎即将倾倒但又始终没有。对于肖马而言一切都没有改变，因为在三楼的阳台后面，一个似乎刚刚睡醒的少女倚在窄门边，门帘被压在她手下，似乎还要一会儿才能完成从梦到现实的过渡。她木然地欣赏着雨景，姿势比圆规还固定，肖马不禁担心这样下去的话玫瑰会在她身边发芽，毕竟她似乎也是蔷薇科的生物。

她靠近了雨，手抻了一下露出锁骨的衣领，她的肤色很白，不过让人联想到的不是骨而是雪，在雨天，这格外令人感慨。她纤细的手指触碰了那种有芦荟的铁盒，然后伸出屋檐想要掬住一些雨水。她看见了肖马正在看她，先是羞涩地退后然后又担心地上前。对肖马比画手势，大概是问他需不需要雨伞，肖马摇了摇头。

不知为何肖马感到眼前的景象与之前有所出入，不是因为雨的关系。她刚刚睡醒，估计床铺的凹陷还没有恢复原状，或许她没有意识到睡醒之前与睡眠之后的区别，现在的她只知道要梳理头发。

屋檐下悬挂的风铃正在摇晃，肖马撩了下正在淌水的发梢，完全不顾湿漉漉的自己说："你应当重新睡下，直到有人吻你才可以醒来。在你的手指上被纺车刺的伤口还在吗，你若吮吸它不知道还会不会流血。"

她微笑不语，熟练地比画他看不懂的手势，既像是拒绝什么又像是答应什么。肖马无奈地耸耸肩，像步下舞台一样离开。

半个月后的周六清晨，肖马在公寓下看了看新买的手表，确定在工作开始前有时间停留，他的新工作就是一边看表一边记录当时的气温。那个风铃静止着，站在阳台上背对外面的少女静止着，伫立在马路上的肖马也静止着，这一切就像几个有误差的时钟终于在一个时刻指向同一个方向，下一次是在几天、几个星期乃至几个月后了。

少女的转身比芭蕾舞演员还流畅，她穿着女式牛仔裤配白色衬衫，背面转为正面的瞬间那飘动的发丝让人觉得稍显仓促。她肯定不擅长奔跑，三楼狭长的走廊上暂时只有一个人，她的眼神让人觉得茫然、不知所措与无可奈何。倘若此处有画板的话，肖马定然会放弃工作对她进行写生，现在他对手中没有握着铅笔感到一种说不上来的失落。

那些盆栽已经被撤走了，目前阳台护墙上摆放着一本打开的书，一只手拿着一个苹果的她应该正准备读它。肖马看着她还没有吃的鲜红色苹果，不禁提醒道："请不要被色彩诱惑而食用苹果，那是嫉妒者所献上的有毒物，不然的话，得用这个时代过时的透明水晶棺材来保存你的动人样貌。"

"你是谁？"她发觉肖马是靠听觉而非视觉。她耳朵的形状非常漂亮。他说："第三次路过这里的行人。"她将苹果放在阳台上，略为探出身躯："你看远处的东西，一切都显得渺小吧，所以人从大厦顶端俯瞰风景才会有一种成就感。然而我无论走在哪里都不会那样。"

年纪未满二十岁的肖马说："不管怎么说，那的确有些遗憾，不过，若是不会感动那也就不会失落。"

"也许，"她忽然起跳，侧坐在阳台护墙上，动作依旧有如跳舞一样完美，那本书被触碰一下以至于坠落，在空中宛若一只鸽子，她故意将身躯倾向外面，"若是距离死亡仅有一步之遥的时候仍旧像我这样轻佻，想必死神先生也会恼火的吧。抱歉了，可不可以帮我把书捡上来？麻烦你了。"

肖马已经拾起了那本书，说道："当然，你还是不要这样轻佻吧，太危险了。"他没有问为什么这本书是以盲文写就的。

对肖马而言，这是第三次发生在自己身上的偶然，尽管这多多少少都有他刻意为之的必然。每天都得为生活奔波，他潜意识地在期待一段插曲，可以改变生活的插曲。他腋下夹着那本书步入公寓大堂然后徘徊在花岗岩地板上，他盯着手表，精确地犹豫了一分钟后选择爬螺旋形的楼梯，而不是搭刚刚降到一楼的电梯。

他不愿置身于一个人或几个人所处的孤独空间，每次看到电梯门关上他想到的不是缓缓合上的纸扇而是缓缓合上盖板的棺材。好几次他遇见这种情况时，都有给里面的人献一束告别的鲜花的冲动。对他而言，乘坐电梯每升上一层楼，都能看见一条空空荡荡的走道，墙壁上留着搬走的家具和拆卸的管道的痕迹，还有空空的地板和长霉的天花板。那太像电影《闪灵》中小男孩遇见两个小女孩的场景。

他匆匆地踏响几级台阶后又停下，这比按下几个琴键后又停下更令人愕然。困惑与不解袭击了他，就像用高尔夫球棍击中后脑勺一样干脆利落。他流鼻血了，于是仰起面孔直视天窗，可以看见一闪而过的向下的脚踵。在脑海中他没有关于少女的明确印象，三次偶然或必然的相遇，有如他生活之书中插着的三片树叶标本。他没有记住对方的音容笑貌，哪怕一次也没有过。

当鼻孔不再流血后他继续往上走。肖马的三次出现，也许使一个少女对他由陌生到认识乃至熟悉，他也希望这样。也许是一个少女对他不屑，另一个少女对他没有感觉，还有一个少女对他抱有好感，肖马也可以接受这样的情况，就像接受萤火虫出现又消失一样。毕竟生活可轻可重。

沿着螺旋的楼梯向上，四周没有窗户，经过天窗过滤的阳光中灰尘飞舞，对于走上走下的人来说楼梯都是让人离开的建筑构件，没有谁会想要留下。楼梯是另一种形态的井，四周实际上是密封的，在此相当单调的空间里，搏斗、偶遇、相爱的可能性加大了。在肖马步上楼梯时我正步下楼梯，我喜欢几个人同时踏响台阶的声音。

几层楼之上，一根羽毛自上而下地飘落，也许是谁在模仿伽利略的实验吧，在那一刻，我、肖马及羽毛在同一个高度相逢，刹那之后又各自分离，谁也来不及把握想要把握的事物。从下往上数的第三十九级台阶上，我跟肖马擦肩而过，他继续往上而我继续往下。

肖马并没有意识到自己错过了什么，我也是，只作为一个视角的你也是。

在三楼的走廊上，肖马站在一扇已经打开的门外，目光却不能直接穿过室内的鱼缸穿过透明的门帘，看到阳台上侧坐着的白衬衫少女——她旁边依旧放着那个苹果。因为在二者之间还有两个少女，她们对他的到来没有任何表示，一个正坐在沙发上吃冰淇淋，另一个依靠在墙上，沉默着——她的上方是一幅由于脱落了一枚钉子而倾斜着的油画。

他步入房间，突兀地置身于三个女孩之间，他说："你好，你的书我拿上来了。"阳台上的白衬衫女孩跳下护栏再走入室内，她总是要触摸东西来确定什么，她闪烁着动人但是过于天真的眸子说："可以继续发出声音吗？不然我无法判断你的位置。"

　　"说实话，之前我无法分辨你们谁是谁，当然现在是容易区别的。也许我认识别人依据的不是眼睛，而是直觉。"他立在原地不动，直至那个女孩从他手中接过那本书。她说："不，这是因为你关心自己而不是别人，吸引你的不是我，而是我身上与你相似的那一部分。"她短暂地触碰了他一下又马上疏远他，他不得不靠近，因为感觉自己的灵魂被触碰了，他说："你能否自我介绍一下呢？"

　　她感受到他的气息，于是后退，她闭上又睁开眼睛："我分合眼睑并不能看见两个世界，我生活在黑暗里，因而显得无所顾虑地活泼。我是个盲人，对于我而言你是声音，是气息，是我触碰到的固体，不要期待我回报你黑色调之外的情感。"

　　"哦。"肖马向后退去，若是无视那些类似障碍物的摆设，他与她们之间就不会有那么多曲折？他问一边看电视一边吃冰淇淋的女孩，以非常无聊的问题制造话题："你现在在做什么呢？"

　　她以手抚摸自己的耳朵再摇摇头，暗示自己什么也听不见，她以女生独有的高音说道："我的耳蜗坏掉啦，或者说我的耳朵在某种意义上被杀死了，就像一台连雪花都显示不出的黑屏电视机。"他以食指轻触上唇暗示她小声点，她满不在乎地嘟一下嘴，而他则很不容易地让她明白了自己的问题。

　　"在看电视。看着电视机，就像看着沉默的鱼缸。"她说。

　　他不再对她说话，又不甘陷入沉默与徘徊之中，毕竟能待在这里的时间有限。他有意地闯入了这个空间却无意面对眼下的情况，他无法在三个女生的面前扮演一个足够有魅力的角色，相反，他处在被大家忽视的死角徒劳无益地盯着手表。她以手托着下巴说："我什么也听不见，因此无法对你的誓言、谎言、称赞、自白产生应有的类似乐器的共鸣。抱歉，并不是我无动于衷，而是我无能为力，我一直生活在天然的密室里。"

肖马对吃冰淇淋的女孩挥动一下手臂，让自己离开椅子的动作显得自然，不那么仓促。他一直往后退去，中间还被椅子绊了一下，直到自己也倚靠在墙上——也就是另一个女孩旁边，距离近到了可以耳语的程度。她穿着蓝色连衣裙，从之前开始就没有任何动静，和她在墙的背景下站在一起，仿佛构成了一幅静态的水彩画。

从任何角度看这间公寓都会得出如下判断——干净、流露出一种冷色调，几个出没在其间的女生使这里的寂静异常动人……只是无法用一种方式对她们表达自己的想法。

在肖马将视线移向女孩时，女孩却将视线移向另一边。他在看她，而她回避了他的视线，肖马看着她的侧面说："假如，我是一个逃犯你会告发我吗？"

她认真地摇了摇头，非常流利地对他比画手语，肖马大概懂得了意思——不会，我不会对任何人提起。并非出于我对你的好感，而是由于我对一切事情持沉默态度。我就像一块石头。

"这只是一个玩笑，一种假设，"肖马对她的辫子吹了口气，然后敲了敲墙壁，"起码可以让你不那么像月神的雕像，我希望你微笑，毕竟呼吸比屏气要好。"

也许是比画手势不能完全说明自己的意思吧，她有些慌乱。

她不能说话，深刻地懂得没有声音的境遇。她就像一个谜需要别人来猜测，却不能为自己用语言解释些什么。也许这可以吸引众多好奇者，但是置身于迷惑之中，她无法自信，真的，她憧憬的不是爱情，而是一声折返的自己的回音。她用双手握住肖马的手将其放在自己的左乳房上，他一阵愕然，不是因为那紧绷的、富有弹性的尖状物，而是她平静而稳定的心跳。

那就是她的声音，有着指尖划过竖琴的旋律。

肖马条件反射地拿开手，虽然迟疑了一会儿，但那已经是他反应的最快速度。他匆匆地与所有人保持距离，似乎有类似丝绸的柔软物体滑过这个空间，他才能有如骑上回旋木马般周旋于三个少女之间。她们似乎平行地生活在这个空间里，盲女、哑女、聋女，对肖马而言构成了一个的完美的矛盾。她们的残疾就如维纳斯的断臂，反而是一种遗憾美，在肖马看来，与其视她们为自己希求的异性，不如视她们为博物馆中的艺术品。

他感觉自己正置身于到处是玻璃橱窗的博物馆。他的目光穿过鱼缸穿过门帘直至阳台护栏上的苹果，穿白衬衫的盲女正坐在餐桌边用手指读那本盲文书，他对她说："现在我就站在你眼前，你看到了关于我的什么？"

她抬起头时略微挪动了椅子，神情淡然地停止翻页，似乎此情此景本身就是一本书。她说："你是黑色的，让人觉得冷，寂静。也许我只有在拥抱你时才会认为你是一个有温度的男人。"

肖马用茶几上的纸写了一行字给吃冰淇淋的女孩："之前我一直在你身边，你听见了关于我的什么？"而她在纸上写下回答他的话："你可以让我想象将一只海螺置于耳畔的情景，但你不可以让我想象跟你在一起的情景。我害怕伏在你赤裸的胸膛上，耳朵像听诊器一样抵住那里，却听不见心跳的声音。我只能听见你的沉默。还有，我所写下的文字是无声无息的、静悄悄的。"

站立起来后，肖马有点晕眩，应该是之前流鼻血的缘故，他摇晃着转向穿蓝色连衣裙的女孩，颓然地问道："虽然这是第二次见面，可你能否告诉我你所知道的我？"她笑了，仿佛有人正在给她照相，她以食指轻触嘴唇表示无语。她走近肖马吻了他一下，那不是出于爱而是出于同情。

肖马觉得自己被孤立了，在三个女孩之间他觉得有些眼花缭乱，似乎这个空间本身就是万花筒在交错色彩，而肖马关于她们的记忆碎片也重叠出错误的印象。他来到阳台拿走了那个苹果，同时以俯瞰的视角观察自己曾两次停留的位置——他知道此刻那里空无一人。再次经过室内时他说出类似告别的话语："无论晴天雨天，在我眼中你们都不是互相平行的个体。我为你们所倾倒，我想将你们看作一个人，将不同时间发生的场景串联起来，一个起初对我不屑、之后接受我的幼稚、最终允许我步上楼梯的少女就会浮现。伫立于此，你们的模样在我脑海中发生重叠，也就是一个既能聆听也能欣赏，还会倾诉的姑娘。

"当然也可能完全相反，即一个既不能聆听我的讲述，也不能欣赏我创作的画，还只能对我保持沉默的姑娘。这是完全相反的两种可能。前者象征活泼的生命，后者象征忧郁的死亡，那么三次路过这座公寓并且将你们视作一个人的我，究竟爱上了生还死？"

穿白衬衫的女孩、穿蓝色连衣裙的女孩、吃冰淇淋的女孩在那一刻同时注意他，就像钟表上的时针、分针、秒针重叠在十二点的刻度上。她们是围绕沉默旋转的。肖马手中拿着苹果一步步退出房间："打扰了，再见。"

他一言不发地步下楼梯时将拿苹果的手伸出护栏，然后非常自然地放开，苹果径直坠落，最终被正在步上楼梯的我伸手接住。肖马已经迟到了，可他并不在乎这个，在实际上密封的楼梯上沿台阶而下像是在弹钢琴，而沿台阶而上像是在玩多米诺骨牌。在从下往上数的第三十九级台阶上，我与肖马擦肩而过，我将那在神话中象征欲望的苹果交还给他。我们面面相觑，却没有交谈，毕竟两个未满二十的男人之间无话可说。我继续往上而他继续往下，彼此对对方而言只是背影。

在自行车城

—— 要知道发生过的事情不可能忘记，只是想不起来了

被所有人遗忘，确切地说是被所有人遗弃发生在什么时候？

大约是春天……也许是夏天，总之是四季之一。

那时每每路过转角、拨动车铃的片刻，阳光会与肖马打一个匆匆的照面，那一刻的温度有别于之前或之后，就像浮冰有别于淡蓝色的水，有如吻别给人意乱情迷的感觉。这导致肖马以一定角度倾斜，几乎要侧翻在地。他并非模仿脉动饮料的广告，只是恣意度过惬意的时光罢了。在自行车上，放开双手并非明智的行为，因而肖马也并非明智的人类，他喜欢用空出的双手模仿翅膀、船桨、鱼鳍乃至昆虫的肢节。这样，刹车的时候鞋底会发出冗长的磨损声。为什么自行车被设计成只能前行的机器？

有时候顶空飘浮着许多蜻蜓，有时候则连纸飞机也不出现。

前行中的自行车可以证明风的存在，另外，速度快得让他产

生飘起的错觉，轻易地错过老电影院背面、旧式拱桥、白天亮着的路灯、镶嵌方格玻璃窗的围墙……错过许多本该留恋的建筑物，毕竟，不着迷于眼前，就不会在之后迷失。在自行车上不会有面对迷宫的困惑，即便前方有再多不知为了纪念还是为了忘记而建的建筑物，对肖马来说那也只是凹凸不平的广场，可以做除了抗议之外的任何事。

骑自行车有些单调，而徒步则过于复杂，走在永无止境的路上会发现这个世界是个蜗牛壳，充满了自我安慰、自我欺骗、自我催眠。

不在乎这些的话，就在自行车大行其道的城市里生活下去吧。在这里红绿灯并不存在，一队于阳光下反光的自行车驶过，比一艘轮船驶过更加喧哗，比一队候鸟的离去更加迟缓，总之在这种情况下会有人加入或离开。自行车和城市一样都是镂空的固体。因为不存在雕刻者的关系吧——人们信奉无神论，所有被崇拜的偶像在肖马出生前就被捣毁了——骑自行车出没于城市角落时，肖马会下意识关注的，不是有夜鬼隐匿的阴影，而是自己心脏的位置，万一那里存在空缺的话，自己岂不是一件镂空的雕刻品？

因为经常空出双手，所以肖马可以不时用手感受自己心跳的颤动，在匆匆的移动中没有太多选择，这也算宿命的一种吧——就是有别于轮回的弧形。光穿过真空、穿过对流层、穿过有点透明的蝴蝶翅膀，再照在肖马和他的自行车、其他人和他们的自行车上，这里的人无法出没于夜晚，基本上太阳落山后就听不见链齿咬合的声音。只有在清晨的阳光下，人们的冷血逐渐变为温血后，广场上才会听到越来越多的自行车在移动。

这种环境下长大的肖马，既不悲哀也不欢乐，从小接受的教育是——自行车没有灵魂，人也是；在有的地方可能需要靠左骑行；从一个地方滑向另一个地方时，中间出现意外的话，可以主动参与或被动卷入；不应该在乎身后，回头时的犹豫会减缓速度；如果有人请求搭车，必须先估量对方的体重；人无法在自行车上终老……

现在而言，回顾往事的确没有什么值得后悔，那是条不断与道路重合的波浪线，而且最陌生的人是过去的自己。镜子不会让人熟悉自己，相反它会让人对自己的认识更加片面。此刻肖马路过很多人，他们也路过他，他们会笑、会忧郁、会发呆、会冲动……最重要的是谁也不会留在原地，大家都是过客，各自的终点不一样。

他的出现不会没有理由，他的消失也是。他的愤怒没有理由，他的平静也是。他追求爱情不需要理由，他抛弃爱情也是。

另外，这座城市不允许烧汽油的机器出现。

被人遗忘的滋味并不好受，如果要比喻的话，那类似于学校围墙外自行车摆放过于密集时，看上去密密麻麻的金属中，分辨不出属于哪辆车的脚踏板，一些覆盖在车上的帆布雨衣沾染了落叶与丁香。当第一辆自行车倒下后，后面的车辆在多米诺骨牌的效应下先后倒下，尽管倒下的时间不同，人却意识不到。

再轻微的风也能引起飘动，肖马闻到了金银花的气味，在天桥下面他祈祷上面那个貌似想自杀的男子——我，不要在自己刚好经过时突然跳下，无论我的目的是否是为了起飞。之前一点或之后一点都没关系，他不介意支离破碎的、鲜艳的死亡之花在眼前绽放，如果有一滴血溅到他的上唇，他会下意识地伸出舌头舔掉。

我从护栏伸出一只脚又收回，我只是想距离死亡近一点，我渴望与死亡对峙、竞赛乃至调情。

对肖马而言，身后天桥上，两栋嵌满玻璃的写字楼之间，我只是类似虚点的白痴，而且越来越渺小。根本没有时间注意到我是和他不同的温血动物。飞速骑行时可以感觉自己在切开空气，肖马穿过门后有门的小巷，每一扇门打开的缝隙宽度不一，可惜他不是猫，只能依据直觉判断是否需要停下。他徘徊于柱子林立的走廊，那里寂静、有回音、不允许大小便，一个人频繁地出没其间可以造成有许多人埋伏的假象，轮胎驶过松动的花岗岩地面会造成——咯噔、咯噔——的动静。肖马经过窗户向阳的教学楼，诸多不对他笑的学生中一个男孩看着他走神，男孩身后是静悄悄地走近的老师，看上去男孩不像是在教室里，却像是在发生海难的船上——正准备一个人静悄悄地沉没。

稚气的面孔沉入海底是否会显示与年龄不符的忧郁？就像折叠过又重新摊开的白色书信，总是让人联想到纸飞机。

是的，对肖马而言被所有人遗忘后的时光非常惬意，他正快速地疏远熟悉的生活，或许当抵达一个新城市，对除自行车之外的一切感到陌生、困惑、不解的时候，就是他幸福的时候。可以说是冒险也可以说是离家出走，在这里太阳证明他有个影子，每一下通过左右车把造成的转弯都会导致偏离，只要不偏向没有护栏的桥沿、以前战时设置的带刺铁丝网、转弯时容易接近的悬崖——只要不碰到绝境，他的影子便不会弃他而去。他的影子就是你，你如影随形地尾随他，只为了看见尽头。他就像鱼儿一样自由自在，不会有人突然在前面停车——一只脚落地支撑身体与自行车、地面构成三角形，边吹滑稽的口哨边阻碍肖马前行。是的，肖马正在远离日渐衰败的家庭，他家的阁楼中老鼠、蟑螂、白蚁、蜗牛日益猖獗，更重要的是里面的结构过于简单，一天中得无数次与亲人碰面打招呼或无言以对，若是生活在迷宫中彼此互相寻觅，再一次次于咫尺间错过对方，那肖马的家庭会正常许多。

肖马正在远离恋人，反正她喜欢自己的另一个恋人多于喜欢肖马。以前在夜晚，他总是在她家阳台下拨响作为暗号的车铃——那玩意儿经过他的改装后会像八音盒一样奏乐。他有必要将自己与她的其他男友区别开来，以防她在黑暗中叫错自己的名字，周一到周五的晚上似乎有人轮流在她开灯的房间阳台下等待，周六与礼拜日她休息，肖马出现的日子是周三。他女友的其他男友——真是非常有趣的说法。他常常对她微笑而且从不对她生气。

之前还在视线里的教学楼已经消失了，那飘扬于学校上空的国旗作为一抹红色，在他的脑海里逐渐褪色乃至于变得透明。他正在远离教过自己的老师，在他还是学生时，他的物理、数学、英语成绩经常不及格，他的语文、历史、地理成绩经常得到表扬，说他是个偏科生也没错。在课桌上他除了转笔外不搞小动作，由于坐在前排的缘故，偶尔英语老师停留在面前时他很难不面对她丰满的胸部。他有时会觉得从始至终他的学生生涯只有一个老师，只是对方以不同面貌、不同年纪、不同性别出现在他面前。毕竟讲台这个狭窄的舞台从来都只有一个人在表演。

许许多多的往事想不起来了，他正在远离往事，记忆中的许多悲欢离合被时间抹平。顺带一提，这里的时钟都是车轮模样的。儿时遗落在某处的玩具魔方，已经被新买的衣柜挡住的身高标记，埋葬了一只流浪猫的山丘……所有这些有如一件件废弃的生锈物裸露在记忆荒原上。

没有谁会对他的行为提问，不知道该称之为冒险还是离家出走还是逃亡还是寻觅，那太浪费时间了，你和我都不会提问，他也不会回答让人难以启齿的问题。他在疏远一切时可是有一一告别的，也许他没有对他、她、它说，但他心里肯定是这样想的。只是他以一个眼神、一个飞吻、一个挥手代替了。

如果，有你我之外的第三者提问了——如果他问肖马，生活在自认为比鸿毛还轻、还不重要的人身边，会不会因为自身过于沉重而失衡，就像旋转到尽头的陀螺？

肖马会以更快的车速来回答。

这场与时间赛跑的游戏开始时，肖马从楼梯下的夹角推出自行车，尽管要开始远行却没有带任何行李，仿佛是去街道拐角买包零食。他爸爸在室外向阳的一面坐在藤椅上默不作声，那个姿势让人联想到等待老死的人。他对肖马从面前走过无动于衷，似乎在其眼前的只是舞台上的背景板——上面画着四季的风情画。肖马特意退后，再次出现在父亲的视线里，然后再度离去。而他的父亲非常平静地将手放在椅子上，就像划动竖琴的琴弦一样优雅。仿佛肖马的出现只是一段插曲，有如石子投入水中激起的涟漪于时间中消散。在距离很远的地方，肖马发现父亲不像雕像，而像乡间十字路口的挂有风铃或晴天娃娃的路标。

肖马的女友在路边等人，不过等的不是他，她即将踮起穿高跟鞋的脚尖，仿佛想从悬崖边探出身躯。她的瞳孔映出百货商店的轮廓，尽管只是路过的一瞬，可是和过去一样——肖马从那双漂亮的眼睛中看到的一切都是假的，有如水中月或镜中花。她抹了口红的下唇略微噘起，在静止的画面中可以看出她即将做出决定，不知道是选择男朋友还是化妆品。在滑行中肖马伸出一只有如棕榈树枝的手抹过她的面颊，似乎要像抹去色彩一样将其从自己的生活里抹去。

之前他经过没有围墙的学校，因为正在上课的缘故，不可避免的——所有的建筑物都凸显出荒凉感。在操场遇见一个逃课的学生，当时肖马的车轮轧过荒草切下一些叶子，看来每个学期初的大扫除还没有开始。由于听见了金属零件的摩擦声，准备加速逃跑的那个学生转过身来，从他惊惧的面孔上肖马似乎看到了自己所有老师的影子。

对于蒙尘的往事肖马通常不愿提起，如果有人询问，他通常回复一个无意义的眼神。只要出现在昔日出现过的场所，记忆与现实就会重合，他从未离开过这里，毕竟无止境的远方再怎么延伸，他的双脚也还是踏在老旧的自行车上。

眼下，起重机正从十六楼的高度吊起或放下几辆绑在一起的自行车，它们在半空中摇晃。肖马想，为什么他们不骑自行车沿楼梯而上或而下？那样的节奏一定非常动听。

也许肖马应该奔向屋顶，反正无所顾忌，不会有人试图干预这种疯狂的行为，因为他们已经忘了他。即便是天空——当他驶过接连不断、比柏油路干净的屋顶，途中还碾碎了许多斜坡上的青瓦，那很容易就此坠往一个少女的卧室，像电影一样。当他避免落入少女的卧室最终来到尽头后，抓稳把手径直跃出——天空也会忘记自己不能承受一个少年与一辆自行车之重，默许他在轻盈的空中驶向不可能抵达的月亮。

然而，被所有人想起之后，一切有了什么显著的改变？比如夏天变成了冬天？他不知道。在专门修理自行车的街道几乎看不见一辆完整的自行车，到处弥漫着润滑油味，一面墙上挂满了各式各样的皮革座椅——那就像各式各样的山羊头骨。路边摊上摆有一条条链条、一圈圈轮胎、一只只铃铛——置身其中仿佛可以聆听到这座城市的过去与未来，肖马驶过这里，没有留恋地向别处驶去。

在来来往往的行人中，究竟是什么导致他被人辨别出来？是否需要他磨去自身的棱角、特点、突出部，改造为无差别的个体就不会被人轻易找到了？他又该如何在世人面前说谎？所有抛弃他的人又准备重新拾起，他们想起了本来已经被忘掉的肖马，无助的肖马处在悲哀的境地里，若所有人一起对他伸出索求之手，那他势必在争夺中破碎成一片片不可能再次合拢的碎片。

他爸爸之前坐的那张藤椅已经空了，不过还在继续以越来越小的幅度摇晃，他爸爸绝对没有把握在椅子彻底静止之前抓到他。两人之间的父子血缘并非唯一的线索，当然他爸爸并没有在他的自行车上系上毛线团的一端，这场追捕对他而言完全是即兴所为。作为一个中年人很少会有随心所欲的时刻，他想起了儿子，要为自己的自由去捕获肖马。

藤椅摇晃就像钟摆，这个钟点太阳光也已经远离它了。

虽然肖马的女友不知道肖马身在何处，但她将脸侧向一边不去理睬旁边吃冰淇淋的男人。在那条以"人民"命名的街道上，在一个男人的手臂搭在她肩膀上时，她略微比较了一下周围建筑物的高低、脚下鹅卵石的形状、自己男友们各自的优缺点后，她选择了肖马，并不顾一切地要前往他的身边。肖马从不认为她过于放纵，她只是任性，天真地认为爱情不限于彼此之间。当近到可以感受其呼吸或远到一时想不起她的面孔时，就能察觉到她是命运偶然造成的悲剧。

也许她现在追求肖马只是为了以后抛弃肖马，谁知道呢，连在街道上奔跑的她自己也不知道。

而在学校，所有的班级都宣布自习——这等于让学生自由玩乐。那些老师聚在一起开会，讨论关于肖马的事情。教过他和没教过他的老师议论纷纷，仿佛有上级来检查一样。对于他这种毕业生，老师们准备了捕鸟网、手铐、麻醉枪、粘杆……最后当下课铃响后，他们在学生的围观下骑自行车出发，开始追捕。

在国道上肖马加速行驶，偶尔会擦过行道树低垂的树枝。四季对于他而言，区别在于，伸手抓住的是花瓣、蜻蜓、落叶还是糖衣纸。他在想是否应该回去，重新经过窗户向阳的教学楼、柱子林立的走廊、门后有门的小巷……但他不得不继续下去，因为那些想起他的人已经骑自行车追逐而来，并且不断靠近。

那真是颇为壮观的景象，各式各样的自行车在一起就像过境的飓风一样破坏寂静、平衡以及缓慢。越来越多的自行车加入这场行动，肖马感觉到绝望，觉得自己势必会卷入这场自行车的风暴。现在似乎只有一个地方可去——那就是黑夜，在那里所有人的血液都会冷却，一切在月光下会静止，起码在黎明前肖马是安全的——可是目前这只能是一种憧憬。

有人几乎要超车了，那人拨响车铃，提醒肖马别人的一只手正想攀住他的肩膀。在这场金属的浪潮中很难分辨谁是谁非，人们只是想起了忘记的事情，这犹如从河畔捞起一朵荷花那样自然而然，于是人们乘着自行车来向肖马索要他给予不了的亲情、爱情、友情、同情……在那一阵手的浪潮中，我骑着自行车向他挥舞我写作的圆珠笔——他加速骑车竭力去摆脱他摆脱不了的命运。

在大家接近他的时候，作为影子的你正准备弃他而去。

声与光的交错中，这些零星的金属声交织出记忆的旋律。终于在这里，过去向未来延伸，重新浮现的往事刺痛了肖马的心，但他得把握好车把避免撞上护栏，毕竟在自行车上的生活还得继续，他也得重拾一些往日的碎片。

　　此刻，即便他奔向屋顶也会有所顾忌，会有人试图干预这种疯狂的行为，因为他们已经想起他。即便是天空 —— 当他驶过接连不断的、比柏油路面还干净的屋顶，途中碾碎了斜坡上的许多青瓦，那很容易就此坠往少女的卧室，就像电影一样。当他避免落入少女的卧室最终来到尽头后径直跃出 —— 天空也会想起自己不能承受一个少年与一辆自行车之重。

不死传说

——于是一切无果而终

我们戴上了虚伪的面具变得不真诚了，变得刻意地在浮华的背景下以怪异的身份讲述真实。

我作为作者意味着什么？

意味着我以笔尖流淌出的蓝墨水为界限，行走于既荒凉又空旷的思考之路上，没有行道树，没有任何明确指示方向的路标，因为前方的一切都得由自己虚构。我可以把不想考虑的东西，不仅从脑中也从眼前抹去，比如正在写作的当下，午后的阳光里去上课的小学生、对面阳台上晒衣服的妇女、驶过街道的白色自行车——我把这一切统统消除，并不是用涂改液掩饰其存在，而是直接消除这些存在。

在阳光下我可以做得如此彻底，以至于没有留下任何影子，就像把所有阴影面打磨成反光的镜子。肯定有什么吸引我的东西，作为我写作的动机，让漫漫而孤寂的文字之路不那么难以忍受，毕竟这是既轻盈又沉重的失衡行为。我无意于夸大、隐瞒、篡改事实，但我仿佛置身于沙丘之上，要捏造什么过于容易，如果要指责我撒谎的话，我也并不否认。

毕竟，写作是忠于想象而非忠于眼睛的工作。

我沿着蓝墨水线条漫步，这里仅有与我无关的建筑物、风景、角色，我感到寂寞与不安，于是任意地改变一切，比如将一幢帝国大厦般的高楼删除，在两个相爱的人之间置入第三者，让天气反复无常地戏弄人物……这一切说明在纸面上我是无限空间之王，以及，我是困在果壳般的现实里才产生了这样的想法的。

肖马作为主角意味着什么？

意味着他必须在一定的时间、一定的地点、一定的场合做一定的事情，无关乎喜欢不喜欢，文学是件无可奈何的事情。即便是哀怨地坐在小径边缺少一块木板的凉椅上，四周是容易让人迷路的花园，他做出以手托住下颌的沉思状，也不会有读者赞美他的忧郁，读者只会为这个构思打动，甚至有眼泪洒落在书页上。

在小径分岔的花园之中，一定是先有一座秋千架，然后肖马才会以冷漠的目光注视无人却在摇摆的秋千，看它不断收窄摇摆的幅度时，四周寂静无声，这和我截然不同，毕竟我在每一篇小说中创造世界，他在每一篇小说中都得重新认识世界。他的宿命就在故事结束前尽快地熟悉本不该陌生的新世界，譬如下着霏霏细雪的海边，面对着灰暗的大海他必须尽快适应在别的一些故事中所没有的近视，然后戴着眼镜步入海中游自由泳。

　　有点儿类似傀儡戏，为了你眼中的优雅、凄荒、孤寂，肖马必须奔跑、沉默、徘徊……没有过去与未来，或者说过去与未来是可以篡改的，在故事开始之前与结束之后，他作为主人公不会有一丝的期待，有的只是无字的空白，可以解释为迷惘、困惑、狐疑……即肖马对于读者与作者的不信任。

　　肖马应该以食指和拇指折下梨树的一枝，于是肖马以食指和拇指折下梨树的一枝。肖马应该向前快速走十步再向后退五步，以显示自己由于匆匆赶路而错过了一名少女，又为对方的魅力吸引而折回；于是肖马快速向前走十步再向后退五步，以显示自己由于匆匆赶路而错过了一名少女，又为对方的魅力吸引而折回。肖马应该幸福，于是肖马幸福。作为主角，肖马的原则是 —— 不是想做什么而做什么，而是应该做什么而做什么，就像一个完美的绅士。

　　你作为读者意味着什么？

　　意味着，从一开始，密密麻麻的铅字就在眼前形成类似丛林、迷宫、洞穴之类的情景，你是文字上的冒险者，大胆地深入是为了返回之后对他人更深的感慨。小说必定有出口与入口，你不断地翻页就像是在不断地推开一扇扇阻碍好奇心的门扉，在那单一的阅读走廊中连自己的脚步声都听不到，因此当阅读停止时失落是不可避免的。

　　阅读是抽象地重复写作之路，你的感官触碰我所创造的世界边缘，有如以指尖划过梳齿。置身于我所创造的公寓楼下，以置身事外的角度看三楼阳台上手中拿着苹果的盲女。或者坐在教室的一个不显眼的位置上，在别人都在午睡的时候，以狐疑的目光环视四周，寻找注定与众不同的肖马，凝视他捏在手里装着淡蓝色怨念的小玻璃瓶。

纸面上的时间与现实存在落差，因此当你合上书本，一定会有逃离黑洞般的不适应感。这是一种不需要买车票、船票、机票，足不出户就能够独自进行的旅行。

你的经历与感觉告诉你，自己在阅读中永远是个旁观者，没有发言权，一闭上眼睛，原本生动的景象就会逐渐模糊。可以投入感情却无法投入生命，毕竟在我已经建筑好的世界里你没有选择的权利。

我无意策划阴谋去破坏什么，我不想去促成导致读者痛苦、快乐、沉思的事实，写下伤害别人的话语时，我的内心也在哭泣。你不只是在被动地适应我的思考方式，就像是下起了一场枯黄的落叶暴雨，一切的一切，蓝色调的水族馆中弹奏钢琴的机器人、在不同场景等车的肖马、清晨从天而降的黑箱……不同篇章中的意象飞舞于空中，你可以感到时光停滞的慰藉，每一片象征的落叶反耀一点夕阳，即便你伸出理解之手，肯定从始至终无法把握一切，只能抓住几片形状不一的树叶……肖马最擅长的并非以不同的性格、面貌、身份出现于不同的章节，不是的，他擅长的是在说出并非出于自愿的话语后，陷入沉默，暗示自己真实的内心是无字的空白，而非年纪轻轻的青涩。

这里，这场游戏并不存在非此即彼的境遇，我你他三者之间的关系不是互相攀比，不是互相竞争，穿过想象、文字、感觉的丛林后偶然或必然相遇的我们，最好对他人会心一笑，那是既无爱意也无恨意的微笑，很可能发生在午后有一阵桃花香味的风吹过的一刻——风车正在转动时。以那样来结束故事之外的故事甚是浪漫，虽然我不是一个热衷于浪漫的作者，可也欣赏出现然后消失的温存。

当然我们也存在一致性，在新的小说出现之前，也就是结束之后与开始之前的空白里——我们又不知道自己为何物了，只能怅然若失地徘徊于类似走廊的地方，捡起与抛弃，为了自身的不完美，为了记忆存在下去，为了无力拯救的脆弱。确实，我在纸面上的倾诉充满了假想，因为这一切只是个游戏。

我和你不是也不可能是同谋，但我们同样不在乎读或写时的环境，我们围绕着肖马进行着猜测。阅读时，也许是多露水的清晨，抑或是蝉鸣正盛的正午，还可能是太阳下山——影子变长的傍晚……在室内的话，不知道窗外多远的地方下着绵绵细雨，究竟触手可及还是目光不可及。倘若置身室外，迎面飘来柔软的飞雪，即便突然合上已经打开的书本也无法如保存脱水的枫叶般保存雪花。假如在台风过境时的海中小舟上，在剧烈摇晃的环境中，想必很难把握煤油灯，降下船帆的桅杆，正在阅读的《新千年幻想》这本书甚至是自己的平衡……天气是无常的。

这一切取决于你，取决于你此时此刻身处的环境，请你闭上眼睛三分钟后睁开，确定周围没有人以为你是白痴然后继续阅读。要知道小说可以改变的是你的心情而不是你的命运。

对你而言肖马无处不在——

在小径分岔的花园中，肖马坐在缺少一块木板的凉椅上，手捏着一朵尚未开放的栀子花凑在鼻前，仿佛他之前在那儿，之后也在那儿。不知道在迷宫般的花园里，他是指路者还是迷路者。在横跨海峡的铁路与公路两用桥梁上，肖马双手盘在钢铁护栏上被海风吹拂着，衣角发出声音。不知道他是即将翻过护栏从桥上跳下，还是他赶到这里时未及拉住之前跳下的自杀者。在永不到站的特快列车里，肖马一直盯着车窗外流逝的风景，他路过的并非纯粹的景物，他路过的是黑夜与白昼——乃至四季。面前的方桌上放置着一杯几乎满溢的热咖啡，无论他多少次喝干，乘务员小姐总是会及时地续杯，以至于肖马为失眠所困扰……是的，肖马无处不在，这并非出于他的年轻任性，而是由于读者你对阅读的热忱与执着，换句话说，无处不在的你目击着无处不在的肖马。

其实写作是在篡改、雕刻、修正自己的过去，千万不要将肖马误认为是另一个我，每一篇小说都是我的一片碎片，倘若你有兴趣的话，不妨尝试搜集这些闪耀着人性的碎片，从而在自己面前拼凑出完整的作者——通常读者都会在那座偶像上看到自己的影子。阅读是超然于视觉、触觉、听觉之上的感觉，可以说是一种心理欺诈，不过你永远是被欺骗的一方，因为天真容易感动，在这三者之间你以善变的情感周旋于肖马身边，时而感伤时而残酷时而抑郁时而激动……不过可以在肖马只招待人类的旅店外远远观望的你如雾、如透明的空气，毕竟从第一个字到最后一个字你都没有什么存在感，最多会在翻页前啃噬手指甲。

　　无论怎样，肖马是游自由泳的裸体少年也是骑自行车疏远一切的冷血少年，是与黑箱进行对话的少年也是一个即将与不喜欢的人结婚的少年……他什么也不是因为他什么都是，肖马身上唯一可以明确的标识是他的年轻，无比残酷却也无比温存的青春是他唯一的意志。

　　至于我，我只是一个不太有耐心的神经衰弱的作者。此刻我已经完成了报幕，应该退到幕后，将完全虚构、不可信的舞台与场景交给你和他，也就是读者与肖马上演一出已经失败的戏剧，我是你们之外的第三者。在《新千年幻想》中，旧有的规则、秩序、倾向全都不复存在，不知道该称呼这种局面为末日之时还是创世之时，反正耽于感官愉悦的我们在混乱之中不会谋求只会等待，让我们脱离自身的现实进行不切实际的表演，没有什么比动荡里的平静更为可贵。那么当第一瓣或最后一瓣梨花飘落的时候，配乐声响起，为展示浮华，肖马躺在华丽的地毯上说："我预感到有人自远方来……"

　　然后你出现了，肖马略含睡意地躺在金丝编织的波斯地毯上，以手为枕，只有下身裹着白色的丝绸围布。大概天气太炎热的缘故吧，他嘴里嚼着蒟酱的小根用来解渴，他一面嚼着一面又不断地把根渣吐到旁边的黄金盂罐里。肖马伸出戴满宝石戒指的手，透过指隙审视远方的来客。他说："你不远万里来到这里是为了什么呀？"

　　你摘下头顶的毡帽再拍去灰尘，一面担心着留在别处的坐骑——一头毛驴，一面向肖马行礼。你是一个典型的旅人，不停地记录各地的事情，以至于自己变成了某种化石。风尘仆仆地从这里到那里，没完没了的冒险深刻地改变了你，许多一开始追求的事物已经抛在脑后，比如某处在等待你再度出现的过程中渐渐老去的某人……除非对方变得年轻否则你是不会回头的。你说："我想告诉你我在路上所见的一切，包括倒挂在悬崖上的城市和连鹅毛都无法浮起的弱水。然而，当初的愿望已经被锈蚀，我对过去无从谈起。"

肖马旁边的两个婢女依旧扇着孔雀羽毛编织成的羽扇，她们既不敢微笑也不敢哭泣。肖马吐掉最后一口根渣，从一旁的童仆手中接过镶着玛瑙嘴子的烟斗，在吸之前说道："你完全可以沉默，不必担心在漂泊中终老。每个冒险者的旅行都只是为了归去后的讲述、炫耀，你站在我面前就已经告诉了我 —— 旅行自希望而始，至失望而终。

"即使是终日缠绵于卧榻，年少而又生活优渥的我也可以经历和你一样的旅行。只要闭上与睁开眼睛地睡眠，我就能来回于两个世界，虽然我有时无法分清梦与现实，从而不知究竟该希望还是失望。"

你席地而坐倚靠在椰枣树下，伸开五指说："既不必感到失望也不必抱有希望。人的世界其实可大可小，可以是触手可及之物，也可以是目光所及之处，还可以是想象力延伸的尽头。"你看着天空自由盘旋的黑鹰，它被称为神之使者，将手移至刚好可以挡住视线的地方握住，从自己的角度看，这样可以创造出自己能够单手握住黑鹰的假象。

"唔，确实。当我的手伸向女人的乳房时所渴求的，我所在乎的一切只是对方的肉体，对我而言连太阳或月亮都是不存在的，或者说我得在她的胴体之上寻找太阳与月亮、天与地、水与火这些构成世界的元素。而在与不敢赢我的人下棋时，每一次移动棋子就像宇宙形成初期的一次爆炸，貌似无序的混乱里有着既定的秩序，这是棋局也是宇宙。你听——不要说话，那笼中的夜莺正在歌唱，聆听这种动听的歌声委实是一种幸福，即便有能工巧匠可以打造出金属的可以昼夜不息地歌唱的小鸟，我也会不为所动，依旧深爱夜莺。虽然日后流传的传说可能扭曲这一事实。

"每个人都是自己的创世主。"肖马缓慢地起身四处走动，但始终在一定的范围之内，就像这一切是在一只透明的容器里发生的一样，所以才那么容易到达世界的尽头，关于这里以外的事情，得经由肖马或你的讲述来表达。

你厌倦肖马的身影在眼前重复出现，又无可奈何，从一旁摘下一根野麦衔在嘴里，通过它来装饰颓废的自己。你说："我来自远方又将去向远方，我在这里短暂地休息，你不知道我的过去也不知道我的未来。我们的共同点是，都是容易沉溺于安逸的人，内心同样无聊与空虚。"

肖马走到游泳池边，踩在池边的瓷砖上，解开自己下身的丝绸围布然后跃入水池，里面嵌满了蓝色瓷砖，导致水体呈蓝色，一条肖马饲养的短吻鳄鱼在远处游曳，肖马一边走向深水区一边说："非也，在我跟你交谈之前我正在午睡，我梦见我和你坐在巨大的垃圾堆上，围绕着一只铁罐攀谈，那里面正在煮略微发芽的土豆，我醒后所说的与梦中所说的恰好相反。

"也许在你来到这儿之前与离开这儿之后——你是不存在的，只是我执着的好奇为你杜撰了过去与未来。"

你不置可否，将毡帽盖在脸上，只要你一闭上眼就会看到自己骑着毛驴跟在骆驼商队后面，有铃铛不停地在响，别的商人嘲笑你没有携带一点商品，向你夸耀他们的玛瑙、象牙、香料、珊瑚……他们问你是否打算去下一座城市卖掉自己。这既像你以前的记忆又像你对未来的预感，你感到困惑，拿掉脸上的毡帽看肖马游泳。

"也许刚好相反，我的旅行既像是回忆又像是幻想，有如连环画般存在断层与片面，我远道而来，行囊里装满遗憾。这是渐渐失去的过程，而非渐渐得到的过程。"你起身走进泳池，路过一个婢女时就像触摸柱子一样触摸她丰满的胸部，以获得真实的慰藉，你来到池边蹲下，"你或许想知道我流浪四方究竟得到了什么，如果有的话那便是不羁、忧郁以及对逝去时光的感伤，大概如此吧。"

在到达可完全浸没头顶的泳池深处后，肖马开始往回游了，等他攀住池边的凸出部分并面对着你的膝盖时，他说："我没有离开过这里，对这里以外的地方一无所知，要知道包围这里的高墙其实是一排排密集的树木。在这里我唯一确定并相信的是平静，近乎死亡的平静。我不知道这里以外的地方究竟是发生着战乱、瘟疫的地狱，还是四季如春，所有的河岸边长满桃树，人轻于水，因此只要顺流漂走就能入眠的天堂。

"因此我不知道自己幸福还是不幸福。我不会相信你这个外来者的讲述，因为你可以选择真诚或虚伪。"

你叹了一口气，伸出手将赤裸的肖马拉上岸，就像拉起一只湿漉漉的猫一样。你说："那么我选择真诚，也许这是我唯一可以选择的机会，毕竟阅读之旅是在适应作者创造的一切，我不能对这里的一切进行些微的修改。在漫长的阅读之行中我沿着铅字来到这里，逐渐变得木讷、沉默、擅长思考，我作为读者想取代作为主人公的你，但是不能。

"还有这漫长的旅行中，我所做的是一次次遇见又一次次离开你，尽管你每次都以不同的面貌出现在我的身边，你既是无所事事的高中生也是流浪在荒野的牧羊人，既是苍茫的大海中一个孤零零的自由泳者也是未满二十岁的结婚者……的确，我们上一次见面是在垃圾堆上，你那时正在煮发芽的土豆。"

"你会留下吗？"肖马仰起不解的面孔。

"不会，接下来，我要去下一个——以不同面貌出现的你身边。"你坚定地说。

你们的身影逐渐变暗，在你和肖马静止不动后不久，一切将消失于无字的空白中。

而在此时，我再次出现在场景的最前端，穿着燕尾服系着蝴蝶结，我一度无语，和身后的你们一样沉默。但最终还是开口了："和所有失败的戏剧一样，我们流于世俗，在天方夜谭风格的背景下讲述一段三角关系，由于刻意模仿，不可避免地在这里展现了自己虚伪的一面，毕竟表演本身就是欺骗。

"也许在这场游戏中我们过于执着不朽，各自都看重自我，自恋导致了三者的分歧。或许应该重新思考读者、作者、主人公之间的关系。要知道，在不违背之前十二条规则的前提下，第十三条规则是由读者你自行决定的。

"一如游戏规则所言，这一切发生于生之后死之前，暂时永生的我们是应该争夺象征欲望的黄金苹果，从而在纸面上引起又一场长达十年的战争，还是一起编造一个关于不死的虚假传说？"

很久很久以前或很久很久以后，在互相欺骗又互相依赖的世界上，一个叫肖马的年轻人即将成年，这既是开始也是结束，如果此时过于迷恋回音的话，即使他不愿意……颇为残酷的青春已然悄悄发生，那是在一个雨夜，当晚发生了诸多篡改小说的事件。他置身于可以游泳与回忆的场所，从这里游到那里，去希求会变成回忆的爱情——要知道发生过的事情不可能忘记，只是想不起来了——于是一切无果而终。

王陌书

2015 年 8 月 26 日

后　记

　　偶尔，只是偶尔，当追问自己写作的初衷时，会陷入漂浮于海洋表面般的茫然状态，我会感到原本重要的事情不再重要的刺痛感。或许类似于棒球比赛，在完美的一击之后，支配棒球飞行的是不需要理由的惯性——支配我写作的也是不需要理由的惯性，一种冰冷的力量。

　　两年以前，十八岁的夏天，写完《新千年幻想》之时，我说："一切都结束了。"然而一切仍旧在继续，结束只是纸面意义上的结束，一个永远十八岁的自我停留在纸面上，文字有如冰晶般保存了自己，以至于现在重新审视小说时会对当初的自己感到陌生。

　　小说对于我而言是一种可能性，可以用文字将自己扭曲成不同的状态呈现在读者面前，有如近景魔术。我是一个狡黠的魔术师，不是通过从礼帽里提出兔子欺骗读者，而是通过转换语言的属性。小说会同时往过去与未来延伸，进行渗透，既是模糊的记忆也是隐晦的预言，无论包含多少幻想，它都会告诉人一种抽象的真实。或许是一种迷信，许多人都认为写作是在寻找一个可以说明一切的答案，相信真相只有一个，认为在变幻的人生中存在一个不变的定点。仿佛写作是另一种形式的炼金术——炼金术士将黄金从铅液中提炼出来，作者将答案从文字中提炼出来。

基于非常简单的物理原则，动与静是相对的，而在生活中对与错也是相对的，改变参照物的话一切都会变动。小说是一种可感的存在，宛若一片中性的森林，不同的人从不同角度进入从不同角度离开，出口与入口混淆在一起，每个人都觉得自己找到了答案，而他们的答案又并不相同，因为所谓的答案只是一种让自己接受的解释，是堵塞住疑惑并且创造出可以相信的假象的东西，是一种麻醉剂。正如博尔赫斯所言："人类从虚无中建立了秩序，而建立的秩序又将归于虚无。"

易燃是树木的属性之一，我希望能够击中读者内心的脆弱是《新千年幻想》的属性之一，毕竟在某种意义上，从我笔下释放的是一只蝴蝶还是一阵风暴取决于读者的感官。我追求当下的迫切感与永恒的寂静感的同时表达，这类似于一种敏感，就像一些人对于镜子、对于冬天、对于车前草的敏感，我也希望读者对于这部作品感受到这种敏感。

《新千年幻想》既是一部小说也是一场游戏，在十三条作者、读者、主人公都需要遵守的规则限定下，在文字构成的迷宫里，三者之间展开充满可能性的游戏。不存在让人压抑的倒计时，也没有输与赢，读者可以根据自己的意愿寻找自己想要的东西，就像走在沙滩上寻找自己想要的贝壳一样。作者我、读者你以及主人公肖马之间构成了缺乏稳定性的三角形（虽然这违背了几何原理），无论是谁对于其他二者而言都是过客，我们都得努力在变动中寻找相对安定的一点。

在这场没有胜利者与失败者的游戏中，当读者你穿过文字森林来到尽头时，希望你已经寻找到足够多的东西，让你对留作空白的第十三条规则的内容做出决定。

王陌书

2017 年 7 月 18 日

图书在版编目（CIP）数据

新千年幻想 / 王陌书著 . -- 成都 : 四川人民出版
社 , 2017.12

ISBN 978-7-220-10614-9

Ⅰ . ①新… Ⅱ . ①王… Ⅲ . ①短篇小说—小说集—中
国—当代 Ⅳ . ① I247.7

中国版本图书馆 CIP 数据核字 (2017) 第 305675 号

本书中文简体版权归属于银杏树下（北京）图书有限责任公司

XIN QIAN NIAN HUAN XIANG

新千年幻想
王陌书　著

选题策划	后浪出版公司
出版统筹	吴兴元
编辑统筹	梅天明
特约编辑	朱　岳
责任编辑	刘姣娇　周晓琴
装帧制造	墨白空间·韩凝
营销推广	ONEBOOK
出版发行	四川人民出版社（成都槐树街 2 号）
网　　址	http://www.scpph.com
E - mail	scrmcbs@sina.com
印　　刷	北京京都六环印刷厂
成品尺寸	143mm×210mm
印　　张	6
字　　数	113 千
版　　次	2018 年 2 月第 1 版
印　　次	2018 年 2 月第 1 次
书　　号	978-7-220-10614-9
定　　价	29.00 元